Maya Blake

Inocencia con diamantes

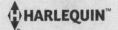

WITHDRAWN

⬥ **HARLEQUIN**™

Editado por HARLEQUIN IBÉRICA, S.A.
Núñez de Balboa, 56
28001 Madrid

© 2015 Maya Blake
© 2015 Harlequin Ibérica, S.A.
Inocencia en diamantes, n.º 2386 - 6.5.15
Título original: Innocent in His Diamonds
Publicada originalmente por Mills & Boon®, Ltd., Londres.

I.S.B.N.: 978-84-687-6136-7
Depósito legal: M-3600-2015
Impresión en CPI (Barcelona)
Fecha impresion para Argentina: 2.11.15
Distribuidor exclusivo para España: LOGISTA
Distribuidor para México: CODIPLYRSA
Distribuidores para Argentina: Interior, DGP, S.A. Alvarado 2118.
Cap. Fed./Buenos Aires y Gran Buenos Aires, VACCARO HNOS.

Capítulo 1

BASTIEN Heidecker abrió la puerta de su sala de juntas y entró. Durante varios segundos, ninguno de los asistentes notó su presencia, absortos como estaban en la catástrofe que mostraba la pantalla de alta definición.

Su director financiero, Henry Lang, fue el primero en verlo.

–Señor Heidecker. Acabamos de ver las últimas noticias... –el hombre, moreno, de corta estatura, tomó el mando a distancia, apretó un botón y volvió a su asiento.

Bastien observó a los demás empleados ocupar sus asientos. Estaba ya enfadado, pero su furia aumentó aún más cuando sus ojos se posaron en la pantalla.

La imagen congelada de ella le devolvió la mirada. A pesar de la tormenta que se formaba bajo la superficie de su calma exterior, Bastien no podía culpar a su equipo por sentirse fascinado por la mujer que estaba en el centro del caos que amenazaba a su empresa.

Ana Duval era la perfección personificada. La belleza de la modelo mitad colombiana-mitad inglesa, combinaba inocencia y desafío con un toque de vulnerabilidad cultivada cuidadosamente. Esa combinación había conquistado a todos los hombres viriles del hemisferio occidental y la había hecho famosa antes de cumplir los veintiún años.

¡Qué narices! También lo había conquistado a él.

Ya a sus quince años, Bastien había sabido que la chica delgada de ocho años y mirada de corderito inocente con la que había tenido la mala suerte de pasar un invierno terrible solo causaba problemas. Lo que no había previsto era que dieciséis años después llevaría esos problemas hasta su misma puerta.

Miró su pelo sedoso negro liso, su figura esbelta y delicada y las piernas que un adulador había descrito en una ocasión como «un metro de paraíso cremoso».

Contra su voluntad, su cuerpo reaccionó al recordar la proximidad de aquel cuerpo con el suyo solo dos meses atrás, y las palabras suaves y sin sentido susurradas en su oído.

Apartó aquel recuerdo, se sentó en la cabecera de la mesa y miró a su segundo al mando.

–¿Cuál es el último precio de las acciones? –preguntó.

El otro hombre hizo una mueca.

–Menos de la mitad que ayer y siguen cayendo.

–¿Qué dicen los abogados? ¿Pueden hacer desaparecer esto?

Henry, su segundo, miró su reloj.

–Esta tarde a las dos hay una vista judicial. Confían en que, puesto que es la primera ofensa de la señorita Duval, el juez sea indulgente...

–Presunta ofensa –corrigió Bastien entre dientes.

Henry frunció el ceño.

–¿Cómo dice?

–Hasta que se demuestre lo contrario, esto es solamente una presunta ofensa, ¿no?

Un par de miembros del Consejo de Administración hicieron movimientos nerviosos con las manos. Henry miró la pantalla.

–Pero la grabaron con las drogas en la zona VIP de una discoteca...

Bastien apretó los labios. En el recorrido hasta allí desde Heathrow había visto ya la grabación que algún estúpido había colgado en internet. También la habían visto los miembros del Consejo de Administración de Ginebra de la Banca Heidecker, el banco privado más elitista del mundo y la empresa madre de Diamantes Heidecker. Su reacción había sido un reflejo de la de él mismo. Tenía que atacar aquel problema de raíz.

Contaba con la confianza de la mayoría de los miembros del Consejo, pero el estigma no desaparecía nunca del todo.

De tal palo, tal astilla.

Él no se parecía nada a su padre. Desde aquel deprimente invierno, se había esmerado por probarse a sí mismo que compartir ADN no implicaba compartir también atributos deplorables. Lo había conseguido muchos años... hasta que un pequeño traspié dos meses atrás había desenterrado una duda que no había conseguido borrar desde entonces. Se había rendido a unas palabras y un cuerpo seductores y casi había perdido su concentración...

Alzó la vista, miró a la culpable y se esforzó por mantener su sangre fría.

Las probabilidades de que Ana fuera inocente eran muy escasas, pero eso se lo guardó para sí.

–A pesar de lo que digan las presuntas pruebas, Ana Duval es la imagen de la marca DBH. Nuestros diamantes los llevan esposas de jefes de Estado y celebridades de todo el mundo. Hasta que se demuestre su culpabilidad, sus ofensas siguen siendo solo presuntas y haremos todo lo que podamos por defender su inocencia. ¿Está claro?

Esperó hasta que vio que los demás asentían antes de levantarse.

Tuvo una sensación abrumadora de *déjà vu*. La idea de que se repetía la historia habría resultado risible si hubiera tenido tiempo de pensarlo. Pero por el bien de su empresa y de su reputación, no podía regodearse en el pasado.

Ana Duval podía parecer una versión más joven de la mujer que había destrozado a su familia, pero él no era tan débil como su padre.

Tenía que defender a su empleada. Distanciándose de ella transmitiría el mensaje de que las alegaciones tenían base y eso daría un golpe mortal a la campaña publicitaria de Diamantes Heidecker.

–¿Cómo estamos lidiando con la prensa? –preguntó a su jefe de prensa.

–Hemos seguido la ruta de «sin comentarios».

Bastien asintió.

–Mantenedla por el momento. Pero redactad una nota de prensa negando las acusaciones y envíame una copia –miró a Henry–. Empezad a tantear el terreno con los competidores. Tenemos que estar preparados para vender la empresa si las cosas siguen mal.

Él era, ante todo y sobre todo, empresario. Antes de aquel escándalo, la marca de diamantes DH había mantenido una buena posición e incluso había sobresalido en un mercado saturado. Pero Bastien sabía de primera mano cómo podía derribar un escándalo incluso los cimientos más sólidos... destruir la familia más fuerte.

–¿Eso no es algo precipitado? –preguntó Henry.

El rostro peligrosamente cautivador de Ana Duval devolvió la mirada a Bastien desde la pantalla grande.

–A veces hay que cortar la amenaza de una enfermedad antes de que tenga ocasión de afianzarse y extenderse.

Ana Duval se frotó las muñecas. El recuerdo de las esposas cerrándose en torno a ellas permanecía vívido y terrorífico más de doce horas después del hecho.

Más terrorífico aún resultaba el dictamen de la juez. La vista preliminar había sido preocupantemente rápida, y la juez no había mostrado ninguna simpatía hasta el momento.

Ana se levantó de un salto.

–¿Doscientas mil libras? Lo siento, Señoría, pero eso es...

–Señorita Duval, nosotros nos encargaremos de esto –se apresuró a decir su abogado cuando la juez la miró de hito en hito.

Ana se esforzó por no acobardarse. Todo aquello era ridículo. Aunque vendiera todo lo que tenía de valor, no alcanzaría jamás esa suma. Se hundió en el asiento y volvió a frotarse las muñecas, segura de que no tardarían en devolverla a la celda fría y húmeda de antes.

Los abogados que representaban a la Corporación Heidecker hablaron entre ellos. Ana se puso a calcular cuánto dinero tenía en el banco. El cálculo no duró mucho.

Iba a ir a la cárcel. Por utilizar su inhalador. Un inhalador que se había evaporado misteriosamente de su bolso y había sido sustituido por otro lleno de heroína. Lo absurdo de su situación habría resultado cómico de no haber sido tan serio.

El haber visto a su madre tomar pastilla tras pastilla al más leve indicio de adversidad o de infelicidad, había hecho que Ana odiara el abuso de sustancias químicas desde muy temprana edad. Solo un grave ataque de asma un año atrás había conseguido convencerla por fin de llevar su inhalador con ella en todo momento.

Irónicamente, el objeto que se suponía que debía salvarle la vida era el mismo que podía arruinársela.

Los abogados dejaron de hablar por fin. Ana abrió la boca para preguntar lo que ocurría. Y volvió a cerrarla.

El cosquilleo que recorrió su cuerpo no le resultaba extraño. Hacía mucho tiempo que no lo experimentaba. De hecho, su corazón empezó a latir con fuerza al recordar la última vez que se había sentido así.

Había sido el segundo día de grabación de la primera fase de los anuncios de Diamantes Heidecker, donde se hallaba reclinada en la cubierta bañada por el sol de un superyate en Cannes, muerta de aburrimiento y preguntándose cuándo podría escapar de allí para llamar a su padre y felicitarlo por su último hallazgo arqueológico.

El cosquilleo había empezado más o menos como aquel... subiendo desde los dedos de los pies, rodeando los tobillos, las pantorrillas, aflojando las rodillas y derritiendo el lugar secreto entre sus piernas. El cosquilleo había parado allí, como si tomara posesión del lugar, antes de seguir envolviendo todo su cuerpo.

Entonces, como ahora, ella había querido huir, esconderse y taparse, una idea ridícula, teniendo en cuenta que su profesión a menudo implicaba mostrar su cuerpo. Finalmente, cuando ya se sentía mareada por la sensación, el fotógrafo había dado por acabada la sesión.

Ella había relajado la postura y había vuelto la cabeza.

Y se había encontrado con la mirada plateada de Bastien Heidecker.

Lo que había sucedido después todavía conseguía dejarla sin aliento y elevar los latidos de su corazón a niveles peligrosos por mucho que intentara quitarle importancia a dicho recuerdo.

Volvió la cabeza en el juzgado y se encontró la misma mirada penetrante.

El aliento huyó de sus pulmones y aquel cosquilleo perturbador envolvió todo su cuerpo. Sus terminaciones nerviosas empezaron a gritar en presencia del hombre cuya mirada la clavaba a la silla; una mirada tan penetrante como condenatoria.

Lo observó en silencio. Él, sin dejar de mirarla, se acercó a los abogados y habló en voz baja.

El abogado que dirigía a los demás asintió y carraspeó. Bastien giró hacia ella, se sentó directamente detrás y le ordenó mirar al frente con un gesto de la barbilla.

El rubor subió por el cuello de ella y le calentó las mejillas. La juez golpeando con el martillo la sobresaltó. Apretó los labios y se enderezó en su silla.

Deseó por enésima vez haber insistido en cambiarse de ropa antes de llegar al juzgado. Pero había querido acabar cuanto antes con aquella vista preliminar. Miró su vestido de seda ceñido, que si ya resultaba algo arriesgado cuando se lo había puesto la noche anterior para complacer a Simone, su compañera de casa, a la luz del día rozaba la indecencia, especialmente en un tribunal. Se encogió interiormente.

Se estiraba discretamente el vestido cuando notó que aumentaba el nivel de ruido. Los abogados sonreían y estrechaban la mano a Bastien. Ana agarró su bolsito y se puso en pie.

Miró a su alrededor y vio que no había guardias dispuestos a volver a colocarle las esposas y llevarla de nuevo a la cárcel.

–¿Qué sucede? –preguntó. Había querido usar un tono brusco y profesional, pero sus palabras sonaron espesas y pesadas, como si hablara en un idioma extranjero. Se apartó el pelo de la cara.

Bastien se acercó. Sus ojos grises eran fríos como el hielo.

–Te resultaba difícil concentrarte, ¿verdad?

–¿Cómo dices?

La amplitud de los hombros de él y la fuerza de su personalidad amenazaban con abrumarla. O tal vez fuera porque no había comido nada desde el día anterior. Fuera como fuera, el mareo que sintió cuando lo miró a los ojos hizo que se tambalearan sus sentidos.

Unas manos fuertes la agarraron por los brazos y él lanzó un juramento en voz baja. Ella lo empujó, pero él siguió agarrándola y gruñendo con irritación.

–Cuando haya terminado contigo, habrás aprendido a hacerlo –le susurró al oído.

Ana se estremeció. Aquella voz profunda se había colado demasiadas veces en sus sueños, burlándose de su debilidad en lo relativo a Bastien Heidecker. Con ocho años lo había seguido como un perrito a pesar de las vibraciones de «aléjate de mí» que él emitía claramente. A los veinticuatro casi había sucumbido a una tentación más peligrosa que seguía atormentándola.

No volvería a permitir que ocurriera eso.

–Suéltame, Bastien –se soltó de sus brazos, pero al instante siguiente, él volvió a sujetarla colocándole las manos en los hombros.

–No sé si tu mente nublada por las drogas es capaz de comprender algo, pero te sugiero que intentes entender esto. Ahora vamos a salir. Mi coche está esperando, pero la prensa también. Tú no dirás ni una palabra. Si sientes la tentación de decir algo, reprímela. ¿Comprendes?

–¡Quítame las manos de encima! Estás muy equivocado. Yo no...

Él le clavó los dedos en los hombros para cortar sus protestas. La acercó más a sí, hasta envolverla en su olor. Ana se estremeció.

–Si quieres salir de aquí de una pieza, la única palabra que quiero que salga de tu boca en este momento es: «sí».

Un fuego rebelde calentó el vientre de ella. Desde que podía recordar, solo había confiado en sí misma. No había tenido otra opción.

Pero aquello... abogados, tribunales, la amenaza de la cárcel... todo aquello le era ajeno. Además, en el fondo había sabido que tendría que responder ante Bastien antes o después. Él era su jefe. Pero Ana hubiera preferido que fuera mucho después.

Se tragó sus palabras y asintió.

–Muy bien. Pero solo hasta que salgamos de aquí.

Él se quitó la chaqueta con movimientos bruscos y se la puso a ella sobre los hombros.

–¿Te molesta mi ropa? –se burló Ana, aunque le agradecía que la hubiera tapado.

–Puedes lucir tu cuerpo en tus horas libres. En este momento trabajas para Heidecker y prefiero no tener que abrirme paso luchando con un montón de paparazzi frenéticos.

Le colocó mejor la chaqueta y la mirada de ella se vio atraída hacia los músculos duros que se movían debajo de la camisa azul de él. Algo se tensó en su vientre y el maldito cosquilleo empezó una vez más. Apartó apresuradamente la vista.

Sabía muy bien lo que implicaba aquel problema suyo para Diamantes Heidecker. Lo último que quería era añadir a su lista de pecados los sentimientos inexplicables que tenía por el presidente de la empresa.

Él apenas la había soportado cuando tenía ocho años. Ese sentimiento se había metamorfoseado en algo más dos meses atrás. Era algo de lo que no habían hablado y que los dos deseaban que no hubiera existido entre ellos.

Pero había existido... y casi se habían rendido a eso.

Él la miró y ella vio el brillo reacio de sus ojos. Un segundo después había desaparecido. Bastien apretó los labios, le agarró la muñeca y tiró de ella hacia la puerta.

Los osados reporteros habían atravesado ya los límites exteriores del tribunal. Años de práctica habían enseñado a Ana a no mirar nunca directamente las lentes de las cámaras, porque, por mucho que ella se esforzara, esas lentes siempre veían demasiado, revelaban demasiado. Desgraciadamente, en aquel momento, en el que se sentía todavía muy alterada, no pudo hacer lo que llevaba practicando desde los diecisiete años.

El primer flash la deslumbró. Los tacones, pensados para caminar unos pocos metros desde el coche hasta la pista de baile, cedieron bajo sus pies. Bastien reprimió un juramento, la alzó en vilo y la tomó en sus brazos.

El mundo explotó en una serie cegadora de flashes y gritos excitados. Como no tenía más remedio que aguantar la tormenta, Ana se agarró a los hombros de él y escondió el rostro en su cuello.

Bastien ignoró las preguntas y los flashes de los reporteros y fue directamente hasta la limusina negra de cristales ahumados que esperaba en la acera. Uno de los tres hombres fornidos que los acompañaban les abrió la puerta y entraron.

Durante varios segundos, ninguno de los dos se movió. Ana miraba el perfil de él. No podía apartar la vista.

El balanceo del coche al ponerse en marcha hizo que sus labios rozaran el cuello de él.

Bastien exhaló con fuerza.

Ana sintió los párpados pesados y sensaciones fieras recorrieron su cuerpo, irradiando desde sus labios hasta extenderse por el cuerpo. El anhelo profundo de volver a tocar la piel de él con los labios se convirtió en una oleada de lujuria que corría con fuerza por sus venas.

Bastien se inclinó bruscamente y la depositó en el asiento de enfrente. Le puso el cinturón y después hizo lo mismo con el suyo.

Ana sintió la pérdida de su calor con la misma fuerza que la pérdida de aire en sus pulmones.

Se recordó a sí misma con fiereza que no era débil... que había soportado cosas peores. Crecer con una madre como la suya le había hecho adquirir una resistencia que podía soportarlo casi todo. ¿Y qué si Bastien parecía atravesar su armadura con un esfuerzo mínimo? Ella no estaba dispuesta a dejarse acobardar por la formidable personalidad de él.

Recuperó la compostura y carraspeó.

–Gracias por haberme ayudado con los reporteros, aunque me las habría arreglado bien sola.

Él le lanzó una mirada pétrea y se recostó en su asiento.

–Explícame exactamente qué fue lo que ocurrió anoche –ordenó.

Ana alzó la barbilla.

–¿Por qué? Seguro que ya has visto la grabación que han colgado en internet. Uno de tus abogados parecía encantado de que sea *trending topic* en las redes sociales.

Bastien enarcó una ceja rubia.

–¿Eso es todo lo que tienes que decir sobre la situación?

–No me creerás si te lo cuento, así que ¿qué sentido tiene? –replicó ella, recordando la acusación de él en el juzgado.

Bastien se encogió de hombros.

–Lo llamaremos tu segunda oportunidad. Tienes mi atención plena. Cuéntamelo.

Ana pensó en guardar silencio, pero rechazó la idea. Él era su jefe. Le quedaba un mes de contrato con DH. Después quedaría libre y podría reunirse con su padre en Colombia. Y una cláusula importante de su contrato estipulaba que se comportaría con decoro. Los cargos en su contra habían puesto en peligro la campaña de DH.

La presencia de Bastien en Londres, en el tribunal y en aquel coche dejaba patente ese hecho.

Él se enderezó despacio, se inclinó hacia delante y apoyó las manos en las rodillas sin apartar en ningún momento la vista de ella. Ana sabía que no podía librarse sin ofrecer alguna explicación.

Optó por decir la verdad.

–Tengo ataques de asma.

Él frunció el ceño. Entornó los ojos.

–No recuerdo haber leído eso en tu ficha personal.

–¿Te refieres a cuando la leíste porque te enteraste de que tu gente me había contratado para la campaña e intentaste despedirme?

Él no mostró ningún remordimiento.

–Sí –contestó.

Ana ignoró la punzada de dolor que le provocó aquello.

–En mi ficha no aparece lo que no afecta a mi trabajo y el asma no suele ser una enfermedad mortal. Pero la tengo y tengo que controlarla, así que... –se encogió de hombros.

Lauren Styles, propietaria de la agencia Visual y agente personal de Ana, conocía su enfermedad y no tenía ningún problema en ocultarla siempre que no afectara a su trabajo.

Lauren, que también había sido modelo, era más madre para Ana de lo que había sido su propia madre. Su lealtad y su apoyo eran inmejorables. Otra razón más de peso por la que Ana no podía permitirse poner en peligro la campaña de DH ni chocar con el presidente de la empresa.

–Continúa –dijo este.

–Simone, mi compañera de piso, me invitó anoche a su fiesta de cumpleaños. No suelo ir a discotecas por el humo artificial y el aire acondicionado. El año pasado tuve un ataque muy serio en una discoteca. A mitad de la fiesta empecé a sentirme mal.

–¿Y por qué no te fuiste? –preguntó él.

–Lo intenté. Simone me suplicó que me quedara.

–¿Aunque sabía que estabas enferma? –preguntó él con escepticismo.

–Ella no sabe que tengo asma.

Él enarcó las cejas.

–Solo hace dos meses que compartimos piso. Pues bien, fui al baño, me eché agua en la cara y usé mi inhalador al volver a la mesa. Decidí quedarme media hora más. Fui a la barra a pedir una botella de agua y cuando volví a mi asiento, me esperaban los gorilas de la sala con la policía. Me mostraron el vídeo de la cámara de seguridad y me preguntaron si era yo. Les confirmé que lo era.

Bastien apretó los labios.

–Entonces no sabía a qué venía aquello, ¿de acuerdo? Me llevaron fuera y me pidieron registrar mi bolso. Encontraron el inhalador, me acusaron de llevar heroína y aquí estamos.

El silencio invadió el interior del vehículo de lujo. Fuera se reflejaba el sol en los edificios del centro de Londres. Circulaban por el Strand. Dentro, ella sentía tanto frío como el aire de enero de fuera. Apretó contra sí la chaqueta de Bastien. Permitió por unos segundos que el olor del cuerpo de él impregnara sus sentidos. Alzó la vista y lo vio observando... esperando.

–¿Qué? –preguntó ella–. Ya te lo he contado todo.

Él se recostó en su asiento, colocó un tobillo encima de la rodilla de la otra pierna y tamborileó con los dedos en el cuero italiano del asiento.

–Todo no.

Sus miradas se encontraron. La de él la mantenía prisionera, le provocaba la sacudida ya familiar que conocía cada vez que miraba aquellos ojos plateados.

–Estoy segura de que sí.

–Todavía no te he oído negar que llevaras droga.

—Pues claro que lo he negado. Acabo de contarte lo que sucedió en realidad.

—Me has dado tu versión de los hechos, pero no has negado que consumas droga.

Ana dio un respingo.

—¡Cómo te atreves!

Él dejó caer el pie al suelo y se inclinó hacia delante hasta que ella pudo ver cada mota de sus ojos.

—Oh, soy muy atrevido, Ana. Verás, el porvenir de mi empresa depende de lo que yo me atreva. Y en este momento, gracias a ti, no marcha muy bien.

Ella enderezó la columna. No había hecho nada malo y no tenía la menor intención de acobardarse.

—Muy bien. No consumo drogas. Nunca lo he hecho y nunca lo haré. ¿Satisfecho?

Él entornó los ojos.

—¿Dejaste tu bolso solo en algún momento de la velada? —preguntó.

—Me lo llevé conmigo a la barra, pero tal vez no lo tuviera en la mano todo el tiempo. Oye, ya le conté todo esto a la policía.

—Pero yo tengo más interés que ellos en todo esto. Y creo que merezco oír tu relato, ¿no? —la voz de él era suave, letal.

Ana se estremeció. Él hablaba de su empresa, pero ella no pudo evitar pensar en el momento íntimo que habían compartido en su yate. Un momento que le producía vergüenza y excitación a partes iguales cada vez que lo revivía en su mente.

Apartó de sí aquel sentimiento y lo miró de hito en hito.

—Eso lo entiendo... y créeme, yo también quiero una explicación. No olvides que también está en juego mi reputación.

Por no mencionar que corría mucho peligro de ser expulsada del programa de voluntariado de su padre si aquella situación se le iba de las manos. El profesor Santiago Duval podía ser un arqueólogo mundialmente famoso, pero había inculcado a su única hija su odio por los favoritismos.

Su padre había despreciado el rasgo parásito de su madre, de la esposa que se había alimentado de su prestigio mientras le había convenido para arrastrarlo después a un divorcio infernal dieciséis años atrás. La esposa que se había fijado en un banquero suizo, había visto el modo de llevar una vida mejor y se había aferrado a eso sin importarle destrozar vidas en el proceso.

Ana miró a Bastien y se preguntó si él pensaba alguna vez en aquel invierno terrible. ¿O habría aplastado su recuerdo bajo aquel comportamiento frío?

—Asumo que otra vez querrás despedirme de la campaña de DH —esa vez ella no tenía mucho en lo que apoyarse, pero tenía la firme intención de encontrar el modo de probar su inocencia y suplicarle a su padre que le dejara entrar en su programa.

Él permaneció impasible.

—Por satisfactorio que eso resulte, no es tan sencillo —respondió—. Ya se han emitido los primeros anuncios en Estados Unidos y en Japón. Hemos pagado a las televisiones las tres fases completas. Sustituirte ahora por otra modelo implicaría grabarlo todo de nuevo.

—¿Quieres que termine mi contrato? —Ana esperaba un despido inminente—. Pero yo creía... —se detuvo porque sonó el teléfono del coche.

Él contestó con los ojos todavía fijos en ella. Su mirada incisiva hacía que ella fuera muy consciente de cada poro sensible de su piel, de cada aliento que tomaba.

El cosquilleo que había empezado en el tribunal cobró vida de nuevo hasta alcanzar proporciones peligrosas mientras él observaba su cuerpo a voluntad.

Y sus rasgos permanecieron impasibles en todo momento.

Fuera quien fuera el que llamaba y las noticias que tuviera, el rostro de Bastien no expresaba ni satisfacción ni descontento. Bastien Heidecker había trabajado a conciencia su parte enigmática.

Ya a los quince años, en medio de la tempestad que destrozaba a sus respectivas familias, jamás había dejado ver sus sentimientos.

Excepto en una ocasión.

Terminó la llamada, dejó el auricular en su sitio y se volvió hacia la ventanilla. La luz del sol iluminó sus rasgos y convirtió su cabello rubio oscuro en oro quemado. Su nariz fuerte y aquilina sobresalía en su perfil y la barbilla bien afeitada se proyectaba hacia fuera con autoridad. Entreabrió los labios para respirar y el gesto atrajo la mirada de ella a la forma exquisita de su boca.

Ana contuvo el aliento y deseó que él siguiera mirando por la ventanilla. Se dijo que era porque no quería reanudar la conversación, pero sabía que era porque quería seguir mirándolo, asimilar la textura sedosa de sus pestañas cuando parpadeaba... recordar la sensación de ser besada por aquellos labios.

Él se volvió de pronto y a ella le dio un vuelco el corazón.

—Era mi jefe de contabilidad. Las acciones de DH siguen cayendo —Bastien miró su reloj—. Y la Bolsa cierra en treinta y cinco minutos.

Ana sintió un nudo de aprensión en el estómago.

–¿Qué significa eso? –preguntó con la garganta seca.

La mirada de él se endureció hasta volverse acerada.

–Significa que ya puedes empezar a rezar para que suban las acciones. Porque si a la hora del cierre no hay señales de recuperación, tú, incluido el dinero que acabo de poner para tu fianza, me deberás más de cinco millones de libras esterlinas.

Capítulo 2

ANA lo miró en estado de shock.

–No te creo –dijo. Las palabras salieron de su boca antes de que pudiera detenerlas.

Bastien apretó los labios. Sus ojos eran tan fríos como los Alpes de su Suiza natal.

Pulsó un botón del teclado que tenía cerca de la muñeca. Ella miró la pantalla que salió de la consola central. Cuando empezó a cobrar vida, Bastien la colocó de modo que quedara frente a Ana.

El jaleo de números y palabras que pasaban por la pantalla le provocó una sensación de inseguridad debilitadora. Como sabía que él la miraba, se esforzó por recuperar la calma, por no darle más munición en su contra. Pero aunque no lo entendiera todo, había visto suficiente televisión para entender lo que significaba el gráfico. Con el corazón golpeándole con fuerza en el pecho, siguió con la vista la línea roja que descendía a una velocidad alarmante.

En la esquina superior derecha de la pantalla vio claramente la hora: las 15:32.

–Apágala –dijo con voz ronca.

La pantalla desapareció dentro de su estuche.

Ella se lamió los labios con nerviosismo.

–Debe haber algo que podamos hacer.

–Lo más positivo en esta situación habría sido que no te pillaran en posesión de droga.

Ana lo miró de hito en hito.

–Podemos seguir hablando de lo que no tiene remedio o podemos discutir un modo útil de seguir adelante. De un modo u otro, mi respuesta no va a cambiar. Yo no tomo drogas.

–¿O sea que te tendieron una trampa? Eso resulta muy conveniente, ¿no te parece? –replicó él.

–¿Conveniente? He pasado la noche congelándome el trasero en una celda fría por algo que no he hecho. «Conveniente» es el modo menos apropiado de describir mi problema.

–Pues tendrás que empezar a desenmarañar tu problema pronto, porque el juicio es dentro de tres semanas –le informó él con calma.

–¿Tres semanas? –preguntó ella, horrorizada.

Bastien se cruzó de brazos.

–Esperas que me crea que no has tomado drogas y no puedes recordar cosas que han pasado hace menos de una hora.

–Estaba asustada –la voz de ella sonó más chillona de lo que era su intención.

Un brillo de emoción iluminó los ojos de él. Ana quería engañarse y pensar que era compasión, pero lo que fuera desapareció demasiado rápidamente para que pudiera estar segura.

Carraspeó.

–Sé que debería haber prestado más atención en el tribunal. Y lo estaba haciendo. Antes... antes de que llegaras tú.

–¿Estás diciendo que yo te he distraído?

–No sería la primera vez –repuso ella.

Bastien entornó los ojos, pero no respondió. El tiempo que habían pasado juntos en Cannes era un tema que los dos querían evitar.

¿Por qué, entonces, ella seguía reviviéndolo?

«Ya no más».

Se obligó a mirarlo a los ojos.

–Las últimas doce horas han sido difíciles. Sé que esto tiene mala pinta, pero no he hecho nada malo. Alguien me puso la droga en el bolso. No sé por qué. Yo soy inocente.

Suspiró con satisfacción porque su voz se mantuvo firme. Podía hacer aquello. Conservar la calma era la clave para encontrar el modo de salir de aquel lío.

–Ana, seas inocente o no, mi empresa sigue perdiendo dinero –él miró su reloj–. La Bolsa cierra en veinticinco minutos. Alguien tiene que asumir la responsabilidad.

–Pero yo no puedo hacer nada en veinticinco minutos –la histeria amenazaba con disolver la calma temblorosa de ella. Tomó aire con desesperación y miró por la ventanilla.

Se puso rígida.

–Este no es el camino de mi casa –tampoco era el de la agencia. Tuvo de pronto la idea loca de que estaba siendo secuestrada, pero la apartó de sí. Bastien no tenía motivos para secuestrarla–. ¿Adónde me llevas?

Él retiró con lentitud un hilo invisible de sus bien planchados pantalones y la miró.

–Una condición de tu fianza ha sido que yo respondería de tu paradero en todo momento. Lo que significa que, hasta el juicio, adonde yo vaya, vas tú. Tengo que informar al Consejo de Administración de Ginebra mañana a primera hora. Tú te vienes conmigo.

Ana abrió mucho la boca unos segundos y a continuación la cerró de golpe.

–¡De eso nada! Para el coche.

Asustada, luchó con el cinturón de seguridad. Llevaba menos de una hora en compañía de él y ya sentía más pánico del que había sentido en el tribunal. Después de lo que había ocurrido la última vez que había pasado más de media hora en su compañía, no quería estar con Bastien Heidecker.

¿Por qué narices no había estado más atenta en el juzgado? Ella jamás habría aceptado aquella condición.

–¿Qué te crees que estás haciendo? –preguntó él, con un tono vagamente divertido.

–¿No has oído lo que he dicho? No iré a ninguna parte contigo –el cinturón se soltó por fin y ella se lanzó a la puerta. Por suerte, el coche circulaba despacio.

–¿Y qué? ¿Piensas saltar en marcha para evitar eso?

Ella agarró el picaporte. Su necesidad de escapar a la esfera de control de Bastien era lo más importante.

–Dile al chófer que pare.

Él la miró con curiosidad. Ana sabía que estaba al borde de la histeria, pero le daba igual. La necesidad de escapar era apremiante.

–¿O sea que pretendes saltarte la ley y huir de tus responsabilidades? –preguntó él con voz fría y cortante.

–Pretendo escapar de tus tácticas de matón. No creas que no sé por qué haces esto.

–¿Y por qué lo hago?

«Por lo que sucedió en Cannes. Por lo que mi madre le hizo a tu familia».

Ana lo pensó pero no lo dijo. No le parecía buena

idea poner voz a los detalles borrascosos de su pasado.

–¿De qué servirá sacarme del país? Estoy mucho mejor aquí, averiguando lo que ha pasado. ¿No te parece? –preguntó.

–No tengo ningún deseo de ir a la cárcel por violar la ley. Además, ¿cómo vas a averiguar quién te ha hecho esto?

Ana se mordió el labio inferior.

–Todavía no lo sé.

Bastien enarcó las cejas.

–Pues cuando tengas un plan de acción, avísame. Entretanto, seguimos el dictamen de la juez al pie de la letra.

A pesar de la firmeza de su mirada y de sus palabras, Ana tuvo un presentimiento oscuro. Algo peligroso acechaba debajo de la aparente calma de él. Algo que le advertía de que, cuando diera aquel paso, no habría marcha atrás.

–No –respondió–. No me voy a esconder de esta situación, pero tampoco iré a Ginebra contigo.

Una expresión de cínica resignación cubrió el rostro de él, pero no dijo nada.

La limusina se detuvo en un semáforo. Ana abrió la puerta y salió a la acera.

Estaba libre.

Cerró la puerta y echó a andar.

El viento helado de enero atravesaba su vestido fino con una mordedura tan feroz que la dejaba sin aliento. Apretó el bolso con una mano y se subió las solapas de la chaqueta. Vio ante sí el cartel de la estación de metro de Charing Cross y echó a andar hacia allí, pero se detuvo a los pocos pasos.

¿Qué estaba haciendo?

«¿Piensas huir de tus responsabilidades?».

La invadió una sensación de culpabilidad. Le gustara o no, estaba en deuda con Bastien Heidecker. Tal vez él no hubiera tenido base para despedirla dos meses atrás, pero ahora sí la tenía.

Y lo más importante, la había salvado de la cárcel. No estaba obligado a pagarle la fianza ni a presentarse en el tribunal, pero lo había hecho.

El recuerdo de Bastien limpiándole la herida con quince años cuando ella se había caído en el jardín de los padres de él en Verbier cruzó por su mente. Recordó con claridad meridiana la gentileza con la que la había curado y la sonrisa estoica pero bondadosa que le había dedicado después de ponerle la tirita. Hasta su advertencia de que tuviera cuidado en los escalones sueltos que llevaban al jardín había sido amable.

Esa había sido la única vez que Bastien le había sonreído con sinceridad.

Apartó aquel recuerdo. Había un océano de diferencia entre aquel Bastien y el actual. Y además, aquel Bastien había sido una anomalía. Esa había sido la única vez en todo aquel desgraciado invierno que se había ablandado con ella. El resto del tiempo la había apartado o se había comportado como si no existiera.

El impulso de seguir andando y fingir que él no existía era fuerte.

Pero Ana no podía moverse. Su sentido de la integridad no se lo permitía. A pesar del caótico pasado que había entre ellos, él había dado la cara por ella.

Y ella nunca había huido de sus responsabilidades.

Se volvió. El semáforo había cambiado a verde y

la limusina se ponía en marcha de nuevo. Corrió tras ella con pánico y lanzó una maldición cuando los tacones casi hicieron que cayera al suelo.

–¡Espere!

Su grito resultaba inútil en medio del tráfico. Un frío que no tenía nada que ver con el clima se apoderó de ella.

Después de la infidelidad de su madre, Ana había intentado vivir según un código ético estricto. Y acababa de fallarse a sí misma de un modo espectacular.

Notó las miradas de curiosidad que le dirigían algunos peatones y se pasó una mano por la cara.

Cuando sonó el móvil, no reconoció el sonido. Hasta que se dio cuenta de que llevaba todavía la chaqueta de Bastien.

Buscó frenéticamente en los bolsillos hasta encontrar el teléfono y contestó.

–¿Has recuperado ya el sentido común?

Bastien observó a Ana luchar por controlar su irritación, vio el modo en que subía y bajaba su pecho al respirar deprisa. Sonrió contra su voluntad por el esfuerzo que le costaba permanecer en silencio. La niña a la que había conocido años atrás no habría reprimido su temperamento latino al verse obligada a correr detrás del coche de él.

El cinturón de seguridad hacía que sus pechos sobresalieran con orgullo y la tela fina del vestido mostraba los botones de los pezones. Bastien recordó la sensación de esos pezones... su sabor. En su agitación anterior, ella se había mordido repetidamente el labio, que ahora parecía más grueso, más rojo que de costumbre y creaba un mohín natural y sensual aún más pronunciado, a pesar de que ella fruncía la boca con disgusto.

Él intentó reprimir su excitación física y apartó la vista. Por razones que no conseguía comprender, sus sentidos estaban en sintonía con todos los movimientos que hacía Ana Duval. Pero esa vez se negaba a sucumbir al hechizo.

Por eso había intentado que la echaran de su campaña publicitaria dos meses atrás, cuando se había enterado de que la había contratado su equipo.

Se había quedado atónito cuando ella le había sonreído al verlo en el yate. Como si se alegrara de verlo. Cuando él había dejado claro el motivo de su visita, ella había relajado lentamente la pose sensual que mantenía y lo había retado a hacer lo que pudiera.

Y él casi lo había hecho.

Por suerte, se había detenido a tiempo. Se había alejado convencido de que Ana, con su esbelta figura y su cascada de pelo negro brillante, no podía cautivarlo.

Ahora, en la limusina, miró sus ojos grandes y acusadores y se dijo que no sucumbiría a la tentación. No se dejaría arrastrar a la ciénaga emocional que ella llevaba consigo.

—Tú sabías que quería parar el coche y te has alejado intencionadamente.

—He pensado que unos minutos en el frío te inculcarían algo de sentido común —de nuevo sintió Bastien deseos de sonreír.

—No tienes corazón. ¿Lo sabes?

—¿Qué creías? ¿Que aparecería como un genio mágico, te rescataría de la juez y de paso te concedería tres deseos?

El irritado movimiento de cabeza de ella llamó su

atención a la línea del cuello, al pulso que latía con fuerza bajo la piel suave.

–No, por supuesto que no. Pero un poco de cortesía no habría estado de más.

El tono levemente histérico de ella dio que pensar a Bastien. Quizá sí estaba siendo demasiado duro. Quizá el cansancio le impedía pensar con claridad.

Pero por otra parte, ¿acaso ella no le había producido el mismo efecto la última vez?

–¿Alguien tiene algo contra ti como para querer hacerte algo así? –preguntó.

Cuanto antes llegaran al fondo del asunto, antes podrían seguir caminos separados.

Las sombras retrocedieron en los ojos de ella. Lo miró agradecida y él sintió una opresión en el pecho.

Los labios de ella se curvaron en una sonrisita cínica.

–Soy modelo, Bastien. La primera regla en este mundillo es no dar nunca la espalda a una compañera modelo a menos que quieras que te claven un cuchillo en ella.

–¿Y crees que alguien intenta poner en peligro tu posición con DH con algún fin concreto?

Ella negó con la cabeza.

–No veo por qué. Si alguien quisiera este trabajo hasta ese punto, habría intentado algo al principio de la campaña, no cuando ya está casi terminada. ¿Y tú qué?

Él se quedó atónito. El recelo con el que ella lo miraba casi le hizo reír.

–¿Cómo dices?

–¿Has irritado a alguien últimamente? ¿Alguien que quiera ver fracasar tu negocio? Sé que yo no he hecho nada de eso.

–Buen intento pretender echarme la culpa a mí. Pero no.

Ella se encogió de hombros.

–Había que intentarlo. Tú estás convencido de que yo escondo esqueletos en el armario. Solo quería que revisaras el tuyo por si estamos pasando algo por alto.

–Pero no es a mí al que han acusado de posesión de droga, ¿verdad?

–Quizá un rival de los negocios intenta vengarse de ti. ¿Qué mejor modo de destrozar tu empresa?

Él apenas si prestó atención a aquel razonamiento antes de descartarlo. La última amenaza de opa hostil de alguna de las compañías Heidecker había ocurrido dos años atrás. Él había dado una buena paliza a los aspirantes y los había hecho salir corriendo con el rabo entre las piernas.

–Y otra cosa. Nos conocemos desde la infancia. ¿No podrías ser un poco más amable?

Bastien la miró con dureza. Ella había lanzado aquel recuerdo a la ligera, como si las repercusiones de aquellas horribles semanas que habían pasado juntos no hubieran durado hasta aquel día.

–Pasamos ocho semanas difíciles juntos hace dieciséis años –dijo con amargura–, contra nuestra voluntad, cuando tu madre decidió seducir a mi padre y él cometió la tontería de dejarse llevar por sus hormonas. Desde entonces, nuestros caminos se han cruzado solo una vez. ¿Necesitas que te recuerde lo que pasó entonces?

Ella negó con la cabeza, pero él la ignoró.

–Me provocaste con tu cuerpo semidesnudo y casi terminé haciéndote el amor. Dime... ¿alguno de esos escenarios nos califica como amigos de la infancia?

La sonrisa de ella desapareció... junto con gran

parte del color de su rostro. Apretó las manos hasta que los nudillos se pusieron blancos contra el vestido verde.

–Eres despreciable.

Bastien no se arrepentía de sus palabras. Por el éxito de la campaña de DH y el ascenso meteórico de las ventas, conocía bien el poder del erotismo de Ana Duval. Las mujeres querían ser como ella, los hombres querían estar con ella. Pero no tenía ninguna ascendencia sobre él.

Y quería asegurarse de que ella así lo supiera.

–¿Tu compañera de piso estará en casa ahora?

Ella alzó la cabeza, con mirada dolida. Apartó la vista.

–Supongo que sí. ¿Por qué?

–Tienes que cambiarte de ropa. En menos de dieciséis horas, asistirás conmigo a la reunión de un Consejo de Administración. Sugiero que no vayas vestida así.

–¿Y para qué va a servir mi presencia allí?

Bastien se encogió de hombros.

–Por la mañana sabremos hasta dónde llegan los daños a la empresa. Quizá tu presencia anteceda a tu despido y a que te demandemos por daños y perjuicios.

Ana se mordió el labio inferior. Buscó su móvil en el bolso y lo activó.

Empezó a escuchar sus mensajes y dio un respingo. Bastien la vio palidecer.

Henry le había informado después de la reunión de que el escándalo relacionado con la campaña de DH estaba en todas partes. Hasta las televisiones internacionales daban ya la noticia. El buzón de voz de ella probablemente estaba lleno de mensajes sórdidos de reporteros.

La angustia evidente de ella no le gustó.

–Sugiero que desconectes tu teléfono y no lo actives en un tiempo –dijo.

Por una vez, ella no protestó. Él la vio desconectar el móvil con un dedo tembloroso. Después volvió a morderse el labio inferior.

Miró por la ventanilla.

–¿Simone llegará aquí antes de que embarquemos?

–No nos iremos hasta que estemos listos. Y quizá no sea tu amiga la que venga. He enviado a alguien a tu casa.

Ella lo miró con rabia.

–¿Y si Simone no está?

–Tu casera vive en el edificio. Estoy seguro de que puede dejar entrar a mi gente.

–¿Tú registrarías mis cosas sin mi permiso? –preguntó ella con incredulidad.

–Tú le debes mucho dinero a mi empresa, Ana. Yo que tú no me mostraría tan ofendida.

–Pero tú no eres yo. Puede que te sientas muy altanero en esa torre Heidecker en la que vives, pero la gente normal suele tratarse con más respeto.

Él miró la puerta con un gesto explícito.

–Puedes volver a salir si no te sientes bien tratada. Pero no pienses ni por un momento que no iré por ti con todas mis fuerzas para obligarte a cumplir nuestro acuerdo.

El rostro de Ana perdió el poco color que le quedaba. Se recostó en el asiento. No habló durante varios segundos, pero movía los labios, formulando palabras con las que aniquilarlo. Cuando alzó la vista, sus ojos de color chocolate se habían oscurecido hasta resultar casi negros con el fuego fiero que ardía en ellos.

Una sensación desconocida se apoderó de él y fue creando un zumbido fuerte a lo largo de sus nervios. Se movió en el asiento y miró los labios de ella.

–Te odio –dijeron.

Capítulo 3

«EL ODIO es un sentimiento muy fuerte, pequeña mía. Nunca lo uses a la ligera».

Ana recordó las palabras de su padre mientras miraba de hito en hito a Bastien. Ana no había sentido nada con tanta fuerza desde los nueve años, cuando había ido corriendo a su padre porque su madre, en un arrebato más de crueldad sin sentido, había quemado todas sus muñecas.

Pero en aquel momento odiaba a Bastien Heidecker.

Odiaba el poder que tenía sobre ella, odiaba que no sintiera culpabilidad por blandir ese poder. Y odiaba que ella no tuviera recursos para combatirlo.

A pesar de que había asumido el control de su carrera desde que cumpliera los veintiún años, Ana seguía atada al contrato de seis años que su madre había firmado con la agencia justo antes de que ella cumpliera los dieciocho. Entre la comisión de la agencia y los gastos exagerados de su madre, tenía poco capital financiero para luchar con Bastien o con su empresa.

Estaba totalmente a su merced y él lo sabía. En aquel momento la miraba fijamente.

—No puedo disponer de esa suma de dinero —añadió ella, por si él no se había enterado todavía.

—Eres una supermodelo y estás siempre en la

prensa rosa. Me resulta curioso que no tengas ni el dinero de la fianza.

–Lo que yo haga con mi dinero no es asunto tuyo. E imagino que no creerás todo lo que lees en los periódicos.

Él sonrió con burla.

–He aprendido, en gran parte a costa mía, que casi nunca hay humo sin fuego. De un modo u otro, tendrás que responsabilizarte de los daños causados en algún momento. Ódiame todo lo que quieras, pero la realidad es esa.

Abrió su móvil sin esperar una reacción. La conversación fluyó rápida, en un francés impecable. Se prolongó durante casi quince minutos y, durante todo ese tiempo, a Ana le latió con fuerza el corazón, con la sensación de estar totalmente inmersa en su peor pesadilla, que se hacía además cada vez más fuerte.

En tres semanas tenía que regresar al juzgado y defenderse de la acusación de posesión de drogas. Entretanto, tenía que esperar y ver cómo la afectarían las consecuencias de aquel escándalo. No porque desconociera lo que era un escándalo. Desde que podía recordar, su madre se había esforzado por ser sorprendida en alguno de modo regular, solo para estar en el candelero. Y si el escándalo en cuestión tenía algo que ver con su hija supermodelo, tanto mejor.

¿Era de extrañar que hombres como Bastien tuvieran una idea equivocada de ella?

De pronto anheló hablar con su padre. Oír su voz tranquilizadora. Él era el ancla a la que se agarraba cuando las cosas iban mal. Pero estaba en plena selva amazónica y faltaban varios días para la próxima llamada telefónica que habían fijado.

–Hemos llegado.

Bastien abrió la puerta del vehículo y salió. La luz del sol hizo parpadear a Ana. Miró el avión privado gigante y reluciente aparcado a pocos metros de la limusina y el corazón le dio un vuelco. El logotipo azul de la Corporación Heidecker pintado en la cola le hizo comprender lo fácilmente que podía aplastarla aquella gente.

Reprimió un amago de histeria y observó a Bastien acercarse al pie de la escalerilla del avión, donde esperaba el piloto.

Salió de la limusina, pero se detuvo cuando otro vehículo paró a su lado.

Simone salió del coche y corrió hacia ella.

–¡Oh, Ana! Me alegro mucho de que estés bien. Cuando me enteré de lo que había pasado, me quedé horrorizada.

La abrazó con gesto melodramático. Simone Pascale era dos años más joven que Ana y había llegado a Londres seis meses atrás desde su Francia natal. Habían terminado compartiendo apartamento cuando Ana había terminado por asimilar que vivir con su madre ya no era una opción viable.

–Y luego aparecieron esos hombres desconocidos. Al principio no sabía qué pensar. Estaba todavía nerviosa con lo tuyo, y porque no todos los días se marcha tu compañera de piso a vivir con un multimillonario...

Ana se apartó.

–¿Qué? Yo no voy a vivir con nadie. ¿De dónde has sacado esa idea?

Simone abrió mucho sus ojos azules.

–Pero las fotos fuera del tribunal... Y los reporteros delante del apartamento me preguntaban si sabía cuánto tiempo hacía que sois pareja. *C'est très romantique, non?*

Ana sintió un escalofrío en la columna.

–Simone, ¿qué les has dicho a los reporteros? –preguntó en un susurro.

–Les he dicho que era la mejor noticia del mundo y que te deseaba mucha felicidad. *Mon Dieu,* ¿te encuentras bien?

Ana tragó la bilis nauseabunda que le subía por la garganta. Tendió un brazo con intención de tranquilizar a Simone y sintió que le sujetaban la muñeca con firmeza. Un calor electrizante subió por su brazo y le recordó su debilidad en lo referente a Bastien.

Tiró de su muñeca. Él la sujetó con más fuerza.

–¿Qué ocurre aquí? –preguntó con voz acerada.

–Nada –repuso Ana, antes de que Simone tuviera ocasión de darle las últimas noticias.

Bastien había tolerado a duras penas que lo relacionaran profesionalmente con ella. Un vínculo romántico le resultaría aún más aborrecible.

–Solo le estaba dando las gracias a Simone por su ayuda –Ana miró con dureza a su amiga, que miraba a Bastien con la boca abierta como un pez atontado.

–¿Tiene el pasaporte de Ana? –le preguntó Bastien.

Simone buscó en su bolso y se lo tendió.

–*Merci.* Eso es todo.

Ana lo miró de hito en hito. Se volvió hacia su compañera de piso.

–Te llamaré luego.

Simone asintió y volvió a abrazarla.

–No lo sueltes, Ana. Es verdaderamente *magnifique* –susurró.

–Tenemos que irnos –intervino Bastien, impaciente.

Ana lo siguió por la pista, muy consciente de lo reducido de su vestido.

Cuando entró en el avión, se detuvo en seco y dio un respingo.

Había volado en aviones privados debido a su trabajo, pero ninguno se había acercado al nivel de lujo que asaltaba en ese momento sus sentidos.

La moqueta azul brillante se extendía hasta donde alcanzaba la vista. Sillones de color crema flanqueaban ambos lados del aparato, separados por mesas de madera adornadas con exquisitos centros de flores y lámparas estilosas. Las persianas estaban a medio bajar para limitar el brillo del sol de la tarde y la atmósfera dentro del avión era de lujo y confort.

Se acercó una azafata sonriente, los saludó y se llevó la chaqueta de Bastien. Curiosamente, Ana se sintió desnuda sin ella. Apartó de sí aquella sensación y dio las gracias.

Bastien la llevó hasta un sillón y se sentó enfrente, con sus largas piernas estiradas a ambos lados de ella, aprisionando las de Ana. Esta apretó inmediatamente los muslos, muy consciente de la proximidad de él.

Miró por la ventanilla y fingió interesarse por los camiones de carga que se movían a poca distancia. Pero no tardaron en despegar y pronto estuvieron rodeados de nubes.

Entonces se esforzó por mirar a Bastien.

Él estaba sentado en su sillón, aparentemente muy relajado, con los ojos clavados en ella y un maletín cerrado ante sí. Ana se ruborizó y se preguntó cuánto tiempo llevaría mirándola.

—¿Te pongo nerviosa?

La risa de ella sonó falsa.

—Por supuesto que no. ¿De dónde has sacado esa idea?

–Te noto inquieta conmigo. Me pregunto por qué.

–No estoy inquieta. Solo molesta por estar atada a ti las próximas tres semanas.

–Todos tenemos que llevar nuestra cruz.

Ella alzó la barbilla.

–Es obvio que esto te disgusta tanto como a mí. ¿Por qué, entonces, has dado la cara por mí en el juzgado? ¿Por qué no has enviado a uno de tus subordinados?

–¿Y hacerlos responsables si tú decidías huir?

–Tienes una opinión muy baja de mí –ella no sabía por qué le dolía tanto eso–. ¿Por qué? ¿Qué hecho para que pienses así de mí?

–Creo que los dos sabemos la respuesta a eso.

Ella se sonrojó.

–Lo que ocurrió en el yate...

–¿Te refieres a cuando intentaste usar tu cuerpo para que cambiara de idea y no te despidiera?

–Eso no fue lo que hice... –Ana se interrumpió al recordar aquel momento.

El momento en el que se había dado la vuelta en el yate y había visto a Bastien de pie en la cubierta, observándola, todos los nervios de su cuerpo habían cobrado vida.

El chico que había conocido se había convertido en un hombre espectacular, con un carisma que la cautivaba. La sonrisa que ella no era consciente de haberle dedicado había muerto lentamente a medida que se hacía cada vez más consciente de su proximidad.

–¿Qué haces aquí? –había preguntado él con fiereza.

Ana había tardado un minuto en controlar sus sentidos.

–Hola a ti también, Bastien.

Él había apretado los labios.

–Contesta.

–Estoy trabajando. O al menos lo estaré cuando permitas que regrese la tripulación. ¿Por qué los has hecho irse? –ella se había vuelto porque no podía mirar aquellos ojos grises sin sentir cosquillas en el vientre.

–No tenían que haberte dado este encargo.

Entonces ella había girado de nuevo hacia él. Bastien estaba detrás, tan cerca que el cabello de ella había rozado la barbilla de él.

–¿Por qué no? ¿Porque tú sigues guardando rencor por nuestro pasado?

A él le habían palpitado las aletas de la nariz.

–No. Porque la campaña necesitaba a alguien conservador, no alguien que...

Su pausa deliberada, el movimiento de sus ojos sobre el cuerpo escasamente vestido de ella, habían conseguido excitarla de un modo oscuro.

Se había puesto las manos en las caderas con su mejor pose de pasarela y había sonreído con aire seductor.

–¿Alguien que haga que los hombres quieran ahogar a sus mujeres en tus diamantes? ¿No quieres a alguien que haga que esposas, novias y mujeres que saben lo que quieren corran a la joyería más próxima en cuanto se emitan los anuncios? Disculpa, pero pensaba que estabas en esto para ganar dinero.

Su mueca y sus burlas habían sido en defensa propia. La combinación de magnetismo, mofa y lujuria que veía en los ojos de él la había alterado profundamente.

–Mi visión del producto que estás anunciando no es la que tú tienes en mente –había contestado él.

–¿En serio? –ella había movido la cabeza de un modo que había practicado mucho para las cámaras–. Hace poco leí una encuesta. Después de la seda, las mujeres votaron los diamantes como el artículo más sexy para llevar sobre la piel. Quizá tu visión necesita ser algo menos... victoriana y algo más sexy.

Él había enarcado las cejas y se había acercado más a ella, que había retrocedido hasta que su espalda había tocado la barandilla que daba sobre la cubierta inferior. En la superior reinaba el silencio, pues la tripulación había sido enviada a algún lugar de abajo. Encima de ellos brillaban las estrellas en una noche exuberante. El olor de Bastien y su presencia imponente hacían latir con fuerza el pulso de Ana.

–¿Me estás diciendo cómo debo hacer mi trabajo? –él había colocado una mano a cada lado de ella y la había mirado con atención.

–Solo es un consejito amistoso. El sexo vende... ¿o no te lo han dicho?

–¿Y tú eres una experta en ese campo?

Ella había dado un respingo. Luego había intentado controlar su temperamento.

–Soy una experta en mi trabajo. Si no estabas seguro de cuál sería la audiencia a la que te dirigirías, quizá deberías haberte conformado con seguir dirigiendo bancos y construyendo hoteles.

Él había soltado un juramento.

–Tú sigues necesitando jugar con fuego conmigo, pequeña.

–Y tú sigues mirándome por encima del hombro, como si fuera una molestia de la que estás deseando librarte. ¿Te haría daño ser amable por una vez en tu vida?

Él se había parado en seco.

–¿Amable? Créeme, querida, cuando te miro, «amabilidad» es lo último que siento.

La siguiente pregunta de ella era inevitable.

–¿Y qué sientes?

–Tú no quieres saberlo –había contestado él.

–Tal vez sí. Quizá por una vez quiera oírte decir lo que de verdad sientes.

Él había cerrado entonces los ojos un segundo.

Ella se había puesto de puntillas y lo había besado en los labios, respondiendo a una necesidad que era un clamor salvaje imposible de contener. Él le había puesto una mano en la cintura y otra en el pelo. Así aprisionada, la había besado con un gemido hambriento. La había marcado con su boca y sus manos y ella le había dado voluntariamente acceso a su cuerpo.

Segundos, o quizá minutos después, se había encontrado de espaldas en una tumbona, con la cabeza de él entre sus pechos desnudos y el bañador enrollado en la cintura. Su grito ronco cuando él había deslizado los dedos para acariciar su núcleo húmedo, había hecho levantar la cabeza a Bastien, que la había mirado con una necesidad intensa.

–¿Quieres saber lo que siento? En este momento quiero poseerte, hacerte olvidar a todos los demás hombres que han estado aquí antes que yo.

–¿Por qué?

–Porque me sacaste de quicio desde la primera vez que te vi. Eras una niña precoz que no aceptaba un no por respuesta. Me mirabas con tus ojos tristes y me seguías a todas partes hasta que no podía moverme sin tropezar contigo. Y me sigues sacando de quicio. Dondequiera que miro, te veo en un cartel o en el lateral de un autobús. Solo que ahora me haces también desear cosas que no quiero desear.

–¿Y me odias por eso?

La sonrisa de él la había dejado sin aliento.

–Odio que tengas cierto... poder sobre mí. Eso no puedo permitirlo –entonces había movido los dedos y cerrado los labios en torno a uno de los pezones de ella.

Ana se había estremecido.

–¿Y qué? ¿Vas a utilizar tu posición para vengarte? ¿O vas a utilizar el sexo?

Una parte de ella no podía negar que aquella idea la excitaba, pero también la asustaba.

Él la había mirado entonces a los ojos. Había tragado saliva y movido la cabeza, como si saliera de las garras de una pesadilla.

Había empezado a levantarse, pero ella se había aferrado a su cuello.

–Bastien...

No estaba segura de lo que quería decir, pero odiaba la expresión de los ojos de él.

Bastien se había soltado y se había puesto en pie.

–Me avergüenza admitir que esa era mi intención –se había pasado una mano por el pelo–. ¿Qué has dicho antes, que el sexo vende? Tienes muchísima razón.

Aunque la mayor parte de la censura de su voz iba dirigida contra sí mismo, ella se había sentido también aludida. Se había arreglado el bañador con furia.

–No puedes despedirme por hacer mi trabajo.

Él se había girado como si no pudiera soportar mirarla.

–No, pero a partir de ahora, te vigilaré de cerca.

–Hazlo. Y no olvides enviarme una bonificación de agradecimiento cuando tus ventas suban sin cesar.

Ana, furiosa todavía por el recuerdo de aquel día, miró a Bastien en el avión.

–¿O sea que las cosas se nos fueron de las manos sin que pudiéramos evitarlo? Es lo que te pasa por ser tan vil.

Él se encogió de hombros.

–La culpa fue de mi sorpresa al enterarme de a quién había elegido mi gente para la campaña.

Ella frunció el ceño.

–¿Tú no lo sabías?

–No tengo la costumbre de controlar todos los detalles de mis negocios. Tú, por tu parte, sí sabías para quién trabajarías. ¿Por qué aceptaste el encargo?

–Porque tenía la estúpida esperanza de que el pasado hubiera quedado atrás –lo miró a los ojos–. No creo que puedas culparme por lo que ocurrió hace dieciséis años.

Él tardó un momento en hablar.

–No –dijo al fin–, pero eso no hace que sea más fácil mi recuerdo de aquel momento.

–¿Estás diciendo que nunca podrás mirarme sin recordar lo que ocurrió entonces?

–Sí.

Una sensación de frío se apoderó de ella.

–Supongo que eso es bastante definitivo. Oh, y por lo que pueda servir, no era mi intención usar mi cuerpo para convencerte de que me dejaras conservar mi trabajo. Lo que ha pasado... simplemente ha pasado.

–Estoy empezando a descubrir que pasan muchas cosas cuando tú estás cerca.

La rabia borró el frío anterior de Ana.

–¡Oh, que te den, Bastien! –gritó. Y se ruborizó intensamente al oír lo que había dicho.

Él se echó a reír y el sonido de su risa resultó inesperadamente placentero. Ana sonrió de mala gana y respiró mejor.

–He pedido que lleven tu maleta a la cabina. Quizá quieras cambiarte cuando alcancemos altitud de crucero –sugirió él, devolviéndola al presente.

Su consideración hizo que Ana se ablandara. Asintió y relajó un tanto los músculos tensos, aunque volvió a tensarse en cuanto su pierna desnuda rozó la pantorrilla de él. Sintió calor en el bajo vientre y un cosquilleo especial se alojó en la cima de sus muslos.

Apretó las piernas y murmuró:

–Gracias.

Tomó una revista de una mesita cercana y empezó a hojearla sin verla.

–También hay una ducha, si quieres usarla. No es grande, pero servirá –añadió él.

Ana lo miró y vio que la miraba fijamente. Intentó apartar la vista, pero la mirada de él la retenía prisionera. Lo imaginó debajo de la ducha, desnudo. Su abdomen se llenó de deseo, que irradió hacia fuera hasta que ella sintió las extremidades débiles y pesadas.

Los ojos de él se llenaron lentamente de calor, como el humo de un volcán justo antes de estallar. Ana no tenía mucha experiencia en lo relativo a hombres, pero en su profesión era inevitable que aprendiera pronto a interpretar la lujuria.

Los ojos de Bastien mostraban un peligro que la consumiría si le daba la oportunidad. Ana contuvo el aliento. El lugar secreto e íntimo entre sus piernas palpitó más fuerte. Incapaz de quedarse quieta, cruzó lentamente las piernas.

Bastien siguió el movimiento con los ojos y ella sintió ganas de gritar.

El *ding* que anunciaba que podían quitarse el cinturón la sacó de su trance. Un momento después, la azafata apartó la cortina y entró en la cabina.

Bastien bajó la vista, pulsó un botón en la pared, sacó un ordenador portátil y lo abrió.

Ana envidió su control. La azafata dejó una bandeja con bebidas en la mesa. Antes de que pudiera servirlas, habló Bastien.

–Mathilde, por favor, muéstrale el dormitorio a la señorita Duval –dijo con voz suave como la seda.

–Por supuesto.

–Comeremos cuando vuelvas –terminó él sin alzar la vista del ordenador.

Ana se puso en pie, irritada y bastante confusa.

Lo último que necesitaba era empezar a sentir algo por Bastien. Pero por mucho que se esforzaba, no conseguía mostrarse imperturbable.

Aquella idea la asustó más de lo que quería admitir. ¿Esa atracción insana acabaría por descontrolarse o se haría más fuerte, como un tornado que lo devorara todo a su paso?

Consiguió sonreír cuando Mathilde le señaló la puerta situada a su izquierda.

En el dormitorio, largo y forrado de paneles de madera de caoba, Ana se encontró sola por primera vez desde que la sacaran aquella mañana de la celda. Se dio cuenta de que hacía al menos de una hora que no pensaba en su situación y comprendió que Bastien, a pesar de su actitud autoritaria, le hacía sentirse... segura.

Era la misma sensación que la había empujado a buscarlo continuamente en casa de sus padres dieciséis años atrás.

A pesar de la excitación que bullía bajo su piel y del calor en el abdomen cuando estaba cerca de él, no podía evitar la sensación de que Bastien jamás le haría daño deliberadamente.

Lo cual era completamente irracional, por supuesto.

Se quitó el vestido de seda y entró en el baño, con la esperanza de que pasar algo de tiempo alejada de él restaurara su equilibrio y su sentido común.

El baño era pequeño, pero compensaba la falta de espacio con opulencia y accesorios. En el estante había cosméticos para ambos sexos. Por un momento, Ana imaginó allí a Bastien duchándose con una amante.

Terminó de desnudarse con impaciencia y se metió en la ducha. Lo que hiciera Bastien con sus amantes no era asunto suyo.

Empezó a lavarse y se esforzó por pensar quién habría podido tomarse tantas molestias para incriminarla en el tema de la droga.

Por un momento extraño, se preguntó si su madre estaría detrás de aquello. Pero eso no tenía sentido. Lily Duval nunca jugaría con la fuente de sus ingresos. Conseguir que expulsaran a Ana de la campaña de DH provocaría el tipo de escándalo que le gustaba a su madre, pero ni siquiera ella mordería la mano que le daba de comer.

Y a Ana no se le ocurría ningún sospechoso más.

Suspiró, cerró el grifo de la ducha y se envolvió en una toalla. Entró en el dormitorio y abrió su maleta.

Revisó con creciente horror la ropa que contenía.

Los vaqueros, camisetas y jerséis de lana que esperaba encontrar no estaban allí. En su lugar vio la ropa atrevida de su último desfile de modas, lencería pícara de un desfile reciente de ropa interior, los encajes y transparencias que conformaban el tema de la colección de primavera-verano de aquel año.

Se sentó en la cama estrujando un sujetador de seda en la mano.

Simone, creyendo que Ana se embarcaba en una aventura pasional, había empaquetado la ropa indicada para que una mujer hiciera enloquecer de lujuria a su amante.

Ana reprimió una carcajada casi histérica y volvió a revisar la maleta con vigor. Soltó un grito de alivio al tocar algo que parecía tela vaquera.

Cuando sacó la prenda, el corazón le dio un vuelco. Los vaqueros estaban cortados en tantos lugares sugerentes que resultaban claramente indecentes. Los había lucido dos semanas atrás en el desfile de un diseñador nobel. Una vez puestos, se pegaban como una segunda piel y resultaban más provocativos que la piel desnuda.

Otra búsqueda frenética dio como resultado un suéter de cachemira. Le cubría los brazos, aunque dejaba el escote y la espalda al descubierto, y el estilo hacía que fuera imposible llevar sujetador. No era ninguna maravilla, pero al menos cubría el vientre.

Ana se cepilló el pelo con frustración, intentando no mirarse en el espejo de cuerpo entero que había al lado de la puerta del baño.

Se recogió el pelo en un moño encima de la cabeza. Apretó los labios y abrió la puerta.

Bastien apareció en el umbral.

—¿Me estás espiando? —preguntó ella.

—Empezaba a preguntarme si te habrías tirado por la escotilla más próxima.

—Lo he pensado, pero la idea de comer ha ganado a la de escapar —contestó ella.

–En ese caso, vamos a comer –repuso él. Y se quedó inmóvil, mirando por encima del hombro de ella.

Ana miró también la ropa esparcida sobre la cama.

Se volvió y empezó a recogerla, pero se detuvo cuando oyó a Bastien dar un respingo. Sus ojos estaban fijos en el trasero de ella, en el roto de los vaqueros que dejaba al descubierto media nalga.

–Esto no era lo que tenía en mente cuando te he sugerido ropa presentable –dijo él con furia.

–Yo tampoco –contestó ella–. Pero es lo que pasa cuando no me das la oportunidad de hacer yo misma mi maleta.

Bastien se cruzó de brazos y se apoyó en el dintel de la puerta.

–¿O sea que es culpa mía? No me interpretes mal, no es que me queje de las vistas, pero creo que enero en Ginebra no es el mejor momento para mostrar tanta piel.

–Pues hasta que pueda comprarme un abrigo, tendrás que apartar la vista. ¿O el problema es precisamente ese? –preguntó ella, retadora.

–Te aseguro que controlar mis instintos más bajos nunca ha sido un problema para mí. De momento corres más peligro de contraer neumonía que de atraer mi atención.

–Cuidado, Bastien. Vuelves a ser ruin.

Él se pasó una mano por el pelo.

–Tú me empujas a ello –respiró hondo–. Si quieres comer, vamos ya. La comida se está enfriando.

Se hizo a un lado y esperó a que ella lo precediera.

Ana pasó a su lado y corrió hasta su asiento, muy consciente del escrutinio de él detrás de ella.

Devoró una ensalada *Caesar* y una cestita de pan

francés caliente en un tiempo récord y se recostó en su asiento.

El agotamiento empezaba a hacer mella en ella. La ducha caliente había ayudado un poco, pero el cansancio se imponía de nuevo.

Cuando Bastien volvió a su portátil, respiró aliviada y se retiró al sillón más alejado que encontró a pensar en un plan de acción para defenderse de las acusaciones. No se le ocurrió nada y se alegró cuando la azafata anunció que aterrizarían en quince minutos.

Apenas tocó tierra el avión, Bastien ordenó algo en francés a la azafata. Esta se retiró a la parte trasera del avión y regresó con un abrigo largo de piel falsa, que tendió a Ana.

−¿De quién es? −preguntó esta, en cuanto terminó de ponérselo.

−Mathilde guarda aquí una serie de ropa para estar preparada para distintas temperaturas. Dale las gracias.

−Gracias −musitó Ana, obediente.

Bastien pasó delante de ella y abrió la pesada puerta del avión. El aire frío entró en la cabina. Ana corrió tras él hasta un Bentley negro que los esperaba en la pista. Y por segunda vez aquel día, se encontró encerrada en la parte trasera de un coche de lujo con Bastien Heidecker. Solo que aquella vez no estaban en lados opuestos. Esa vez él se sentó a su lado y su muslo descansó tan peligrosamente cerca del de ella que el calor de su cuerpo la rodeaba como un campo de fuerza.

Él empezó a ponerse el cinturón y ella bajó la vista hasta la parte de pecho de él que quedaba al descubierto bajo la camisa de algodón. Alzó la vista con rapidez y se encontró con la mirada burlona de él. Ana se sonrojó intensamente.

–Ahórratelo –dijo él–. Hacerte la inocente mientras me devoras con la vista no resulta creíble después de un tiempo.

–Eres un engreído –contestó ella–. Nunca he conocido a nadie tan exasperante como tú. Y eso no tiene nada de sensual.

Bastien le puso una mano en el hombro.

–En ese caso, esto no debería afectarte mucho.

–¿Qué?

Él la besó en los labios.

El mundo de Ana estalló en mil pedazos.

El beso empezó como una lección despiadada por parte de él y se convirtió muy pronto en algo más. Algo que hacía que a ella le temblaran los músculos del estómago.

Los labios de él, urgentes y calientes, provocaban reacciones tan electrizantes en ella que Ana no podía hacer otra cosa que aferrarse y abrirse al placer que la embargaba.

Nunca la habían besado así. Llevó una mano al cuello de él y rozó con los dedos su pelo. Le acarició la cabeza y aquello fue un nuevo festín de sensualidad. Jamás habría imaginado que pudiera ser tan sensual tocar un pelo. ¿Pero a quién quería engañar? Con Bastien todo tenía un algo especial que contribuía a cautivarla.

El mundo podía pensar que Ana Duval era pura dinamita, pero la verdad los habría escandalizado. La realidad era que no tenía nada de promiscua.

¿Por qué, entonces, estaba casi tumbada en la parte de atrás de un coche con un hombre que hacía que sus bragas se humedecieran de deseo y el pulso le latiera con fuerza cuando le besaba el escote?

Su cuerpo se tensó y encontró fuerzas para empujar los hombros de Bastien. Aun así, no pudo reprimir un gemido cuando los labios de él rozaron uno de sus pezones. El calor viajó desde el pezón hasta el clítoris y la llenó de vergüenza.

—¡Para!

Bastien oyó su grito. Las manos de él quedaron inmóviles en la cintura de ella. Alzó la cabeza en la penumbra del coche y la miró.

Se levantó despacio y se acomodó en su parte del asiento.

Ana se arregló la ropa. Pasaron los minutos. Él no decía nada, solo seguía mirándola.

Ella carraspeó.

—Si querías demostrar algo con esa... esa exhibición, debo advertirte de que no lo has conseguido.

El rostro de él permaneció impasible.

—El hecho de que sientas la necesidad de advertirme habla por sí mismo —contestó.

—Pues te agradecería que en el futuro no te lanzaras sobre mí sin previo aviso.

Él soltó una risita.

—¿Crees que si te aviso antes, cambiará algo esta química que hay entre nosotros?

—Preferiría que no me tocaras en absoluto —musitó Ana.

Una vez más había permitido que Bastien sacudiera los cimientos de su fortaleza de autocontrol y se había dejado llevar por sus emociones.

¿Cuántas veces había visto sucumbir a su madre a la lujuria y el deseo solo para después quedarse sola y más amargada que antes? ¿Y cuántas veces había pagado ella las consecuencias de la decepción de su madre? Ella no cedería a las sensaciones engañosas y tumultuosas que le producía Bastien.

Ella tenía el control de su vida y de sus sentimientos y su intención era seguir así.

–Prométeme que no volverá a ocurrir.

Él guardó silencio unos segundos y después le puso un dedo debajo de la barbilla.

Bastien la había visto luchar consigo misma por recuperar el control y se había sentido identificado con ella. Las cosas entre ellos se descontrolaban demasiado deprisa.

Él conocía el coste de dar rienda suelta a las emociones. Había visto a su madre entregar su corazón sin reservas solo para que se lo rompieran y la dejaran vacía, convertida en un cascarón hueco que no deseaba la presencia de su hijo ni mucho menos su cariño.

Aquel terrible invierno él había decidido protegerse a toda costa contra aquel sentimiento. Y lo había conseguido... casi siempre. Hasta Ana.

Miró los labios todavía húmedos de ella y reprimió un gemido. Buscó rápidamente un tema que matara el deseo que bullía en su interior.

–¿Cómo está tu madre?

Ella abrió mucho los ojos y se miró las manos. Bastien sabía que no había hecho la promesa que ella le había pedido. No tenía intención de hacerla.

Ana Duval no tenía derecho a pedirle promesas. Lo afectaba demasiado, emocional y físicamente y él a su lado no estaba seguro de nada.

–Está bien, pero creo que eso ya lo sabes –contestó ella.

No se equivocaba. La sed de fama de Lily Duval hacía que fuera imposible no saber nada de ella.

–Ya que nos estamos mostrando educados, ¿cómo está tu padre? –preguntó ella a su vez.

–Se jubiló hace siete años. Mi madre y él viven ahora casi todo el año en Gstaad.

Su padre vivía con la culpa de dieciséis años atrás. Apartado de la vergüenza que había causado a su familia y el caos que sus actos habían provocado en la empresa.

–¿Los ves a menudo? –preguntó Ana.

Bastien se encogió de hombros.

–Voy cuando mi padre insiste en verme.

–¿Cuándo fue la última vez?

–Hace tres semanas –repuso Bastien con el dolor perturbador que siempre le causaba pensar en sus padres.

Como de costumbre, su madre apenas lo había conocido, atontada por las pastillas que le recetaban para su estado. Su padre había intentado despertar su memoria y solo había conseguido agitarla aún más. La visita había sido un desastre y Bastien se había marchado, ignorando las súplicas de su padre para que se quedara.

–Me alegro de que sigan juntos –comentó ella–. Tu padre fue amable conmigo.

–Sí, siempre ha tenido debilidad por una cara bonita.

Ella se encogió y la amargura y el remordimiento terminaron de erradicar por fil el deseo en Bastien. Tenía que recordarse por qué era imperativo controlar sus emociones.

Porque ya entonces, como una niña angelical de ocho años, Ana había cautivado a todos los que la rodeaban, incluido el padre de él.

Apretó los dedos con fuerza para reprimir el impulso de volver a besarla. Respiró hondo y se recordó una cosa.

Ana Duval era culpable del caos que amenazaba en aquel momento su vida. Había puesto a prueba su autocontrol dos meses atrás y volvía a ponerlo a prueba, recordándole la vulnerabilidad de los sentimientos.

Y eso él no lo perdonaría.

Capítulo 4

ANA se miró al espejo una vez más y pasó una mano por la chaqueta gris de traje que llevaba. Su estilo severo encajaba con sus intenciones. Con el pelo recogido en un moño, proyectaba una imagen profesional muy alejada de la que los reporteros llevaban veinticuatro horas colgando en internet.

Aunque el precio del traje de falda y chaqueta de Armani, elegido apresuradamente la noche anterior en la boutique del hotel, mermaría seriamente su economía, no había tenido elección. Presentarse ante los miembros del Consejo de Administración de Bastien vestida con alguna de las prendas de su maleta no era una opción.

Una llamada a la puerta señaló la llegada del desayuno, pero ella no tenía hambre. Bastien la había dejado la noche anterior en la puerta de su suite con la orden de que estuviera preparada a las nueve, pero Ana no había conseguido dormir y había pasado la noche reviviendo el beso y pensando cómo iba a sobrevivir las tres semanas siguientes en el torbellino de sentimientos que implicaba estar cerca de Bastien.

Otra llamada a la puerta la sacó de sus pensamientos. Abrió al camarero, que empujó un carrito con ruedas hasta la ventana que daba al lago Ginebra. Ana se sentó a la mesa y se obligó a comer dos trozos de tostada y unos bocados de huevos revueltos. Cuando alzó el vaso de zumo de naranja, vio un periódico debajo de la servilleta. En la primera página había una foto de ella en brazos de Bastien saliendo del juzgado el día anterior. Ana se agarraba a él con los ojos cerrados y la cara enterrada en su cuello como... como si él fuera su protector.

Y lo peor no era eso. La expresión de la cara de Bastien hizo que le temblaran las manos al desdoblar el periódico. Lo que consiguió entender del pie de foto le heló la sangre en las venas.

El nuevo amor de Heidecker. ¿Será él la cura para esta supermodelo adicta a las drogas?

Ana ojeó el artículo, intentando reconocer palabras suficientes para entender lo que decía. Su horror aumentó al divisar repetidamente el nombre de Simone. El desayuno que acababa de ingerir subió de nuevo a su boca.

Apenas consiguió llegar al baño a tiempo de vaciar el estómago. Cuando terminó, se lavó la cara y se aferró al lavabo, luchando por respirar.

No se dio cuenta de que el golpeteo que oía no estaba solo en su cabeza hasta que oyó que gritaban su nombre.

—Abre la puerta, Ana.

Se acercó a la puerta del baño. Bastien entró en la estancia.

—¿Por qué has tardado tanto?

Ana no contestó.

—Estás pálida. ¿Te encuentras bien? —él le puso una mano en la frente.

Ella tardó unos segundos en poder hablar.

—Estoy bien. ¿Cómo has entrado aquí?

—Este hotel es mío. HH Ginebra es uno de los varios hoteles propiedad de mi banco.

El grupo HH, Hoteles Heidecker, era famoso por su opulencia sin alardes.

–Eso no explica qué haces en mi habitación –repuso ella.

–Te dije que estuvieras preparada a las nueve y ya son y cinco. He entrado porque no has abierto cuando he llamado –explicó él.

Volvió a la sala de estar y se acercó a cerrar la puerta de la suite. Desdobló otro periódico. La foto de la primera página era la misma que en el de ella, pero el idioma era otro.

–Dime qué sabes de eso –dijo él.

–Si la pregunta es si he visto el periódico, sí –Ana miró sin querer la mesa del desayuno.

–¿Cuánto te pagan por esto?

–¿Qué? Estás loco si crees que yo he tenido algo que ver con esto.

–¿Niegas que hayas tenido algo que ver con esta basura?

–Categóricamente.

–Entonces dime qué era lo que tramabas ayer en la pista con tu compañera de piso.

Ana abrió la boca, pero de ella no salió ninguna palabra, y sabía que llevaba la culpa impresa en la frente.

–No tramábamos nada de eso –dijo.

–¿Me tomas por tonto?

–Solo si crees todo lo que lees en la prensa –Ana suspiró–. Piénsalo bien. ¿Qué podría ganar yo con esto?

Él arrugó el periódico y lo arrojó sobre la mesita más próxima, pero falló y cayó al suelo.

Se acercó lentamente a ella hasta que Ana pudo ver el pulso latiendo en su sien y oler la mezcla de furia y aroma viril de él.

–En este momento necesitas a alguien a tu lado. ¿Quién mejor que el presidente de la empresa que está a punto de despedirte?

Ella no podía apartar la vista de la mirada intensa de él.

–¿Entonces ya lo has decidido? –preguntó.

–Después de esto, sería un estúpido si no te despidiera –repuso él.

–Cree lo que quieras. Yo no he tenido nada que ver con ese artículo, lo que quiera que diga.

Bastien entornó los ojos.

–¿Ahora vas a fingir que no conoces su contenido?

Ella apretó los labios. Aparte de su padre, que se había sentido horrorizado cuando se lo había contado e inmediatamente había intentado arreglarlo, y de su madre, que había sido la causante, nadie más conocía su vergonzoso secreto.

–Hace mucho tiempo que dejé de leer lo que escriben sobre mí –musitó. No le gustaba mentir, pero era mejor que admitir la verdad–. Quizá puedas decirme qué parte es la que te preocupa.

Bastien enarcó las cejas con incredulidad.

–¿Qué parte me preocupa? Vamos a ver... ¿qué tal la parte que insinúa que hemos sido amantes los últimos seis meses? No, en realidad esa no me preocupa mucho, aunque sugiere que no me importa compartir a mi chica con otros hombres. ¿Y la parte que dice que te dejé usar mi yate personal para fiestas de drogas? O quizá la que insinúa que ayer acudí en tu ayuda porque esperas un hijo mío. Y la parte en la que tu amiga Simone nos da la enhorabuena por nuestra próxima boda es una obra maestra. Debo felicitarte por eso. Es el cierre perfecto, ¿no?

Ana no podía respirar. Algunos reporteros eran

muy embusteros, pero no podía creer que ninguno fuera capaz de inventar una historia así de la noche a la mañana.

Alzó la vista, dispuesta a defenderse, y vio que él miraba la foto del periódico.

–Yo no he tenido nada que ver con esa historia –dijo ella–, pero eso no es lo que te preocupa, ¿verdad?

–¿Cómo dices?

–La foto te molesta mucho más que el artículo. ¿Por qué? ¿Porque en la foto me miras como si te importara... como si llegara a una parte de ti adonde nadie más llega?

–Tienes mucha imaginación –contestó él.

–Y tú no eres el hombre frío y sin sentimientos que quieres que los demás piensen que eres. ¿De qué tienes tanto miedo, Bastien?

Él no contestó. La miró como si hubiera perdido el juicio.

–Bastien...

–Voy a ser muy claro. Lo que quiera que tú crees que ves en esta foto, no existe. Si estás planeando algo en esa cabecita tuya, olvídalo.

Ana respiró hondo. Se alisó la chaqueta, recogió el periódico del suelo y lo dejó en la mesa. Entró en el dormitorio por el bolso y el abrigo que le había prestado Mathilde. Se lo puso, se abrochó el cinturón y regresó a la sala de estar.

Bastien no se había movido. Ella pasó delante de él y procuró ignorarlo durante el recorrido en el ascensor.

Apenas se fijó en el opulento vestíbulo del hotel. Se concentró en seguir a Bastien hasta el coche que los esperaba en la acera.

Ya en el vehículo, él se puso a estudiar unos papeles.

–¿Quieres que hable yo en la reunión? –preguntó Ana al fin.

Bastien apretó los labios.

–El daño ya está hecho.

–¿Qué significa eso?

–Significa que ahora tienes que recoger los resultados de tu experimento.

Ana lo miró con aprensión. Dejaron atrás los edificios modernos de cristal y entraron en la parte antigua de la ciudad. Pararon delante de un edificio largo de piedra.

Un conserje uniformado les abrió la puerta. Al entrar en la guarida de Bastien, Ana era muy consciente de que aquella visita podía alterar el curso de su vida.

Una moqueta gruesa color crema apagaba sus pasos. Cuadros impresionantes adornaban las paredes... discretos, pero destinados a causar impacto en los superricos clientes lo bastante afortunados para ser invitados a invertir en la Corporación Heidecker.

Una recepcionista muy elegante salió de detrás de un escritorio semicircular en cuanto entraron en la recepción.

–Los miembros del consejo están en la sala de juntas, *monsieur* Heidecker –dijo.

Él asintió.

–*Merci,* Chloe. ¿Puedes decirle a Tatiana que se reúna con nosotros fuera de la sala?

–Por supuesto –la chica alzó el auricular; no pudo evitar mirar con curiosidad a Ana.

Bastien entró en el ascensor y pulsó un botón.

–Tatiana es mi secretaria personal. Te acompañará mientras yo estoy en la reunión.

Ana lo miró irritada.

–¿Tengo que esperarte fuera? Para eso podía haberme quedado en el hotel.

–Ya hemos tenido esta conversación. Tú vas adonde yo vaya. Y si me permites que te dé un consejo, yo que tú elegiría mejor mis batallas.

Ana, rabiosa, no pudo evitar seguir provocándolo.

–¿Por qué qué, Bastien? ¿Me vas a castigar porque no te soy indiferente?

Él la aprisionó contra la pared del ascensor con la velocidad del rayo. Sus labios aplastaron los de ella, su lengua se abrió paso en la boca de ella. Un calor sofocante la escaldó desde la cabeza hasta los pies. La sensación fue tan embriagadora que ella no pudo reprimir un gemido de puro placer.

Su sonido pareció galvanizar a Bastien. Se apretó contra ella y siguió devorándole los labios.

Cuando su lengua jugó con la de ella, un fuego líquido recorrió las venas de Ana y se concentró en su pelvis. La sensación era extraña, pero tan deliciosa que ella volvió a gemir. Y de nuevo ese sonido detonó algo en Bastien.

Se apretó todavía más contra ella hasta que la fuerza inconfundible de su erección frotó el vientre de ella, que sintió un anhelo imposible de tocarlo de algún modo que apaciguara el hambre que sentía.

Pasó la mano por la mandíbula fuerte de él, por su cuello, y deslizó los dedos en su pelo. No supo que había aplicado presión hasta que el beso se hizo más profundo y sus lenguas se enredaron en un baile frenético que culminó con los dos boqueando para tomar aire.

Bastien la miró confuso.

–¿Cómo demonios tienes este efecto en mí? –preguntó.

Ana se estremeció. Estaba inmersa en un deseo que exigía satisfacción inmediata.

Se puso de puntillas. La necesidad de volver a ser besada eclipsaba todo lo demás.

–*Excusez moi, monsieur?*

La voz sonaba traviesa, casi divertida.

Bastien exhaló con fuerza contra la mejilla de ella. Retrocedió, pero no la soltó. Por encima de su hombro, Ana vio a una pelirroja escultural en la puerta abierta del ascensor. Los miraba por encima de sus gafas de diseño.

–Tatiana, dame un minuto –gruñó Bastien.

–Desde luego. Pero sugiero que no hagas esperar más a los miembros del consejo.

Su voz sonaba aún más regocijada que antes. Giró las caderas de un modo que no habría desentonado en una pasarela y se alejó por el pasillo dejando atrás una nube de perfume caro.

Bastien dejó caer las manos. Ana, con la mente todavía confusa, permaneció donde estaba, eternamente agradecida al apoyo de la pared.

Y completamente segura de que había perdido el juicio.

¿Cómo podía haberlo besado así? Se sentía avergonzada.

–Me prometiste que esto no volvería a ocurrir –dijo.

Él la miró burlón.

–No, yo nunca hice esa promesa. Y la invitación ha partido de ti. Yo solo la he aceptado.

–Yo no he hecho nada semejante. Eres realmente despre...

–Me encantaría pasarme el día aquí intercambiando insultos contigo, pero tengo una reunión –Bastien la tomó por el codo, salieron del ascensor y recorrieron un pasillo corto hasta llegar a unas puertas dobles.

–Ahí está mi despacho. Tatiana te avisará si te necesitamos.

Se alejó sin mirar atrás y Ana no supo si sentir alivio o rabia. Respiró hondo y eligió el alivio. La rabia llevaba a la pérdida de control. Y la pérdida de control conducía a intercambios acalorados de besos apasionados que la dejaban débil y necesitada.

Entró en el despacho, donde encontró a Tatiana sentada detrás de un exquisito escritorio antiguo.

–Creo que no nos han presentado como es debido. Soy Ana Duval –dijo.

–Tatiana, la esclava de Bastien –bromeó la otra. Señaló otras puertas dobles–. Ahí hay una salita de estar. Llevaré café en un momento, pero quizá prefiera usar el lavabo para... ¿para refrescarse un poco?

Ana siguió la mirada de la secretaria. El abrigo estaba desabrochado, y varios botones de la blusa, también. Y sentía mechones sueltos del pelo en la nuca.

–Gracias –musitó con toda la dignidad de que fue capaz.

En la intimidad del baño, se avergonzó todavía más de sí misma. Tenía los labios rojos e hinchados y el brillo había desaparecido. Sus mejillas estaban sonrojadas y sus ojos mostraban una expresión indómita que le hizo apartar la vista con disgusto.

Se echó agua en las manos. Había sobrevivido a una infancia con una madre empeñada en ser cruel y en humillarla a cada paso. Había crecido sin las herramientas de aprendizaje fundamentales a las que todo niño tenía derecho y aun así había conseguido triunfar en la vida.

¿Y no iba a poder vencer la tentación que suponía Bastien Heidecker?

Lo del ascensor no volvería a ocurrir.

Armada con ese propósito, se colocó bien la ropa y volvió a la sala de estar con la cabeza muy alta.

Bastien respondió una pregunta insustancial más, cada vez más frustrado porque su director, Claude Delon, seguía eludiendo el tema de la campaña de DH. Miró discretamente a la izquierda de la sala, donde Ana había tomado asiento unos minutos atrás. El resto de los presentes no mostraba el mismo empeño en ocultar su curiosidad.

Golpeó la mesa con la mano abierta y sintió satisfacción cuando siete pares de ojos dejaron de mirar a Ana y se volvieron hacia él.

–Votamos la compra de la mina de cobre hace dos días, ¿por qué tratamos de nuevo el tema? De hecho, hemos cubierto todos los puntos de la agenda menos uno. Algunos de ustedes quizá no tengan nada mejor que hacer después de esta reunión que ir a jugar al golf, pero yo tengo trabajo.

–Pareces un poco... estresado, Bastien. ¿Quizá los sucesos de los últimos días se han cobrado un precio? –sugirió Delon.

–Mi estado de salud no está abierto a comentarios. ¿Están preparados para votar?

Delon, bastante más mayor que él, extendió las manos.

–Hemos hablado antes de esto, cuando esperábamos tu llegada. Después de leer los periódicos de la mañana, no vemos la necesidad de discutir más el tema.

Bastien apretó los puños y reprimió el impulso de gruñirle al director.

–¿Qué se supone que significa eso? –preguntó.

–Que, en último término, el artículo y la foto, aunque normalmente no nos gusta atraer ese tipo de atención hacia la empresa, han sido un golpe de genio. Supongo que habrás visto cómo han subido las acciones esta mañana.

El humor de Bastien empeoró todavía más.

–Sí, pero me resulta absurdo que atribuyas esa subida a una foto en la prensa.

–Subestimas el poder de los medios de comunicación –repuso Delon. Miró a Ana–. Quizá tanto como subestimas el poder de una aventura romántica.

Ana emitió un sonido extraño, un cruce entre respingo y tos. Bastien la miró y ella apretó los labios. Alzó una ceja en un gesto retador y silencioso y Bastien apretó los dientes y maldijo el recuerdo de su cuerpo seductor apretado contra el de él y el baile de las lenguas de ambos, que lo apartaba de la realidad.

¿Qué narices le ocurría?

Sabía lo letal que era ella para su autocontrol y, aun así, no podía evitar que su cuerpo reaccionara como un marino de permiso en tierra.

Volvió la cabeza y se concentró en su director.

–Creo que te estás volviendo ciego, Claude. No hay tal...

–Bastien –intervino Ana–, me parece que lo que intenta decir tu director es que a caballo regalado, no le mires el diente.

Una marea de regocijo recorrió la mesa de conferencias.

–Si la foto ayuda a que suban las acciones, no creo que eso sea malo –continuó ella.

–Exactamente. Esta mañana muchas mujeres de todo el mundo leen el periódico y suspiran al ver la foto porque les gustaría estar en el lugar de la señorita Duval. Eso se está traduciendo en una subida de los beneficios. En mi opinión, esa escena en el tribunal fue muy ingeniosa. Quizá deberíamos nombrar a Ana miembro honorario del Consejo de Administración.

Bastien volvió a mirarla y vio que sonreía. Apretó aún más los dientes.

–¿No estamos olvidando todos el tema del juicio?

La sonrisa de ella se apagó un tanto.

–Tengo confianza en que podré probar mi inocencia cuando llegue el juicio –dijo–. Estoy decidida a descubrir la verdad de lo que pasó y lograr que la campaña sea un éxito. Si fracaso, podrás hacer conmigo lo que quieras –dijo con un rastro de rabia en la voz.

Él le miró los labios y una oleada de calor recorrió su cuerpo. Por un momento deseó que fracasara solo para poder hacer con ella su voluntad, tal y como ella acababa de ofrecerle sin darse cuenta.

Pero luego pensó en ella entre rejas, apartada del mundo, y sintió una opresión en el pecho. Alzó la vista y se puso en pie.

–La reunión ha terminado –anunció.

Los presentes se fueron levantando uno a uno y salieron de la sala.

–¿A qué demonios te crees que estabas jugando? –preguntó Bastien cuando se quedaron solos.

–¿Qué?

–Te dije que guardaras silencio hasta que te pidieran que hablaras.

Ella enarcó una ceja.

–¿Como una marioneta dispuesta a actuar cuando le mueven los hilos?

–Yo no he dicho eso.

–¿Y qué has dicho exactamente?

Bastien no contestó. Se acercó a la bandeja de las bebidas, colocada en un rincón de la sala, se sirvió una copa de coñac y tomó un trago.

–¿Quieres una? –preguntó.

–No, gracias –Ana se levantó a su vez y se acercó a él.

–¿Qué es lo que de verdad pasa aquí, Bastien?

–Aquí no pasa nada –contestó él–. Pero si sigues insistiendo, puede que acabe por aceptar la invitación que tú no dejas de hacer. Quizá así pueda dejar de pensar en ti de una vez por todas.

Capítulo 5

POR la mente de Ana pasaron varias imágenes, cada una más gráfica que la anterior. Intentó apartarlas con furia; rezó para que el fuego que subía desde su vientre no acabara por anegar todo su cuerpo.

Él tomó despacio su copa, saboreando el líquido de color ámbar. La miró a los ojos.

–¿No tienes nada que decir? –preguntó.

–No funcionará.

–¿Cómo dices?

–Por mucho que intentes provocarme, no lo conseguirás –declaró ella.

–*Mon Dieu*, eres tan terca como cuando tenías ocho años.

Ella asintió.

–Y tú te has hecho un experto en ocultar tus sentimientos, aunque con una capa de brusquedad que ofende. Pero yo veo a través de ti.

Él dejó la copa en la bandeja con fuerza, se acercó a ella y la miró de hito en hito.

–¿Qué es lo que crees ver exactamente?

–Después de tanto tiempo, sigues sufriendo. Y no te molestes en negarlo. Solo hablas con tu padre cuando no tienes más remedio. Al entrar he oído que alguien te preguntaba por él y tú le has hecho callar. Culpas a tu padre de lo que pasó, ¿verdad?

–¡Pues claro que lo culpo! –gritó Bastien–. ¿Crees que debería perdonarlo por lo que hizo?

–Creo que tienes que encontrar el modo de dejar eso atrás para que no te consuma.

Él se echó a reír, pero su risa sonaba a cubitos de hielo aplastados con los pies.

–Eso es muy zen por tu parte. ¿Has hecho tú eso con tu madre?

Ana respiró con fuerza.

–Lo he intentado. Pero se niega a admitir que obró mal.

–Y, sin embargo, ¿todavía la tienes en tu vida e incluso la contratas como mánager? ¿Me equivoco al pensar que, en cierto modo, apruebas lo que hizo?

Ana se encogió visiblemente.

–Sí, te equivocas –contestó.

–¿Y qué estás haciendo al respecto? –preguntó él.

Ana se disponía a hablar, cuando se dio cuenta de que había vivido tanto tiempo con el comportamiento de su madre, que era verdad que, en el fondo, había terminado por aceptarlo.

–Yo no pretendo tener todas las respuestas, pero sé que apartar a tu padre de tu vida no es una de ellas.

–Tienes razón, no tienes las respuestas. Así que no arrojes piedras. Y no me hables de lo que sucedió hace dieciséis años. Ese tema está cerrado –la voz de él sonaba impregnada de furia reprimida.

Se giró y se acercó a la ventana. La luz del sol enmarcó su cabeza en un halo dorado. Ana lo miró, atónita por su incapacidad para dejar de mirarlo. Pero esa vez vio también al muchacho dolido que había debajo. Y se le partió el corazón por él.

–¿Cómo va a estar cerrado si afecta a todo lo que haces?

Él respiró hondo.

–*Mon Dieu,* Ana. Lo estoy intentando. Déjalo ir, por favor.

Ella tragó saliva y parpadeó para reprimir las lágrimas.

–Está bien. Lo dejaré ir. Por el momento.

Él se volvió después de unos minutos.

–Tu truco del periódico te ha salido bien. Sugiero que te concentres en lo que viene ahora.

–¿Qué quieres decir?

–Que voy a trasladar la campaña publicitaria aquí.

–¿Por qué? –preguntó ella, sorprendida–. El lugar en Escocia está apalabrado y todo está preparado.

–Puesto que tengo que estar donde estés tú, prefiero que sea en un lugar donde tenga garantizado que no habrá más artículos insinuantes. En Suiza hay muy poca intromisión por parte de la prensa.

–¿O sea que seré tu prisionera las próximas tres semanas?

Bastien enarcó las cejas.

–¿Preferirías volver a Londres y contar más historias a los periódicos?

–Quiero irme a casa –aunque se decía a sí misma que podía controlar sus sentimientos, todos sus instintos protestaban por tener que pasar más tiempo en compañía de él.

–Eso no va a pasar.

–¡No puedes hacer esto! –explotó ella.

–Sí puedo. No daré más carnaza a la prensa para sus cotilleos. Tatiana hará que el chófer te lleve de vuelta al hotel. Quiero que estés preparada para salir a las seis.

–¿Salir? ¿Adónde iremos? –preguntó Ana.

–A mi *château*. Será allí donde se grabe el anuncio.

Nos quedaremos hasta que se termine. Oh, y confío en que no hagas estupideces como intentar escapar.

–Tu confianza me honra muchísimo –murmuró ella con sarcasmo.

Él apretó los labios y se sentó. Sacó su móvil y giró la silla hacia la ventana.

Ana tenía la sensación de acabar de salir de un torbellino. Sin embargo, no sentía alivio. ¿Sería porque en el fondo le gustaba enfrentarse a Bastien?

Irritada consigo misma, tomó su bolso y salió de la sala.

–¿Está lista para marcharse? –preguntó Tatiana con una sonrisa.

Ana asintió.

–Sí, gracias.

Una vez en el hotel, dejó el bolso y se quitó las horquillas del pelo. Le parecía que hacía un siglo que había salido de allí temiendo lo peor. No la habían despedido, pero su instinto le advertía de que se enfrentaba a una amenaza peor.

Se acercó a la ventana y miró al exterior. Un chorro de agua subía hacia el cielo desde el muelle del otro lado del lago, con las gotas que caían en cascada creando prismas de luz.

Ana entró en el dormitorio y se puso la ropa que había llevado en el avión. El abrigo cubría casi todos los desgarrones provocativos del pantalón.

Salió del hotel, pero procuró no perderlo de vista. Utilizó la referencia del chorro del agua y caminó por la orilla del lago, con la esperanza de que el aire fresco despejara su mente.

Sonó su móvil. Ana miró la pantallita y pensó en

dejar que saltara el buzón de voz. Pero eso solo haría que su madre volviera a insistir. A Lily no le gustaba que la ignoraran.

–Lily –Ana había tenido prohibido llamarla mamá desde el día en que había cumplido nueve años.

–Veo que te has metido en un lío –comentó su madre.

–Estoy bien. Gracias por preguntar.

–Eres una Duval. La vida te derribará, pero tienes que aprender a volver a levantarte –replicó Lily, cortante.

Ana pensó en su conversación en el despacho de Bastien. ¿Era una hipócrita al dejarse tratar tan mal por su madre?

–¿Quieres decir que la ausencia de cariño por tu parte todos estos años era para enseñarme una lección? –preguntó.

Un silencio siguió a su pregunta.

–No sé de qué me hablas, querida –contestó al fin su madre con altanería.

Ana sintió una punzada de dolor.

–¿Nunca te has parado a pensar que quizá necesitaba un hombre sobre el que llorar antes de la siguiente lección?

Su madre se echó a reír.

–Aunque yo quisiera ofrecerte mi hombro, tú jamás lo aceptarías.

Ana se paró en seco.

–¿Y cómo lo sabes si nunca lo has ofrecido?

Lily suspiró.

–Puede que esté ciega para algunas cosas, pero no para todas, querida. Pero te he llamado para darte un consejo. Si estás pensando en empezar algo con Bastien Heidecker, te sugiero que lo pienses dos veces.

–Gracias, pero ese consejo es innecesario.

–La foto del periódico sugiere otra cosa.

Ana respiró hondo.

–No estoy pensando empezar nada con nadie.

–Me alegro. Te lo dice alguien que lo sabe. Los hombres Heidecker son unos mentirosos despiadados. Te seguirán la corriente hasta que consigan lo que quieren de ti y después te dejarán plantada –prosiguió Lily. Una amargura inconfundible teñía sus palabras.

–¿O sea que tú no asumes ninguna responsabilidad por lo que ocurrió hace dieciséis años? –preguntó Ana.

Esperaba una negativa y la sorprendió que su madre hiciera un ruidito extraño.

–Lo creas o no, sí la asumo –dijo.

–¿De verdad?

–Sí. Me gustaría que las cosas hubieran sido de otro modo. Pero lo que hay que hacer es mirar al futuro.

Ana cerró los ojos.

–Yo todavía no puedo. El pasado me está arruinando la vida –dijo, intentando hablar con ligereza.

–Entonces haz lo mismo que yo. Aprende la lección, pero no te aferres a él.

Aquel consejo inesperado sorprendió todavía más a Ana.

–¿Estás bien? –preguntó.

–Pues claro que sí. O lo estaré en cuanto me den otro papel. He dejado la obra –añadió.

–¿Por qué? ¿Qué ha pasado?

–El director es muy aburrido. No tiene visión artística.

–La verdad, Lily. ¿Qué ha pasado?

Su madre exhaló con fuerza.

–Me dijo que me quería. Por supuesto, resultó ser mentira. Todo mentiras.

Contra su voluntad, Ana sintió un nudo en la garganta.

–Entiendo.

–¿No tienes nada más que decir?

–No puedo fingir que me sorprenda.

Su madre dio un respingo.

–No sé en qué estaba pensando para llamarte a ti en busca de apoyo.

–Lily, escúchame. Tú vales mucho más que lo que dejas que te ocurra. ¿Por qué no sigues tu propio consejo?

–Es ese hombre, ¿verdad? Te está volviendo en mi contra.

–Bastien no tiene nada que ver con esto.

–Pues no me llames a mí cuando Bastien te dé la patada. Recuerda que te lo advertí. Todos los hombres son unos bastardos –Lily colgó el teléfono.

Ana sintió una niebla fría en la cara y se dio cuenta, con un sobresalto, de que había llegado al chorro de agua.

Echó a andar hacia el hotel, perdido ya el placer del paseo.

Su teléfono volvió a sonar. Miró el número y respiró aliviada.

–¡Papá! –sonrió.

–He oído algo sobre ti en las noticias y estoy preocupado.

Ana se mordió el labio inferior y le resumió rápidamente lo que había ocurrido.

–¿Cómo ha pasado eso? –preguntó él con su voz suave y modulada.

–No lo sé, pero yo soy inocente.

–Sí, eso ya lo sé –contestó él con impaciencia–, pero tienes que descubrir quién quiere hacerte daño y lidiar con ello.

Su fe inequívoca en la inocencia de ella produjo un nudo en la garganta a Ana. Carraspeó.

–Esa es mi intención. Pero lo de trabajar contigo...

–Tú arregla las cosas en tu mundo y yo las arreglaré aquí.

El nudo en la garganta de Ana se hizo más grande.

–Gracias, papá.

Volvió a su habitación, dispuesta a lidiar con su problema. Aunque estuviera en Suiza, no estaba indefensa.

Dos horas después, tiró el móvil sobre la cama con frustración y se abrazó las rodillas. Los pocos amigos que había hecho en su trabajo no podían arrojar ninguna luz sobre lo que había ocurrido.

Unos ruidos en el estómago le recordaron que no había comido en todo el día. Entonces llamaron a la puerta y corrió a abrir. Era Bastien, que la observó impasible.

–¿Has comido? –preguntó.

–No.

–Dentro de diez minutos traerán la cena a mi suite. ¿Te reúnes conmigo?

–Estaba a punto de pedir que me trajeran algo –repuso ella, que no quería arriesgarse a otro enfrentamiento con él.

–Pues te he ahorrado la molestia –replicó Bastien–. Tenemos que hablar. Te espero en cinco minutos –se alejó sin esperar respuesta.

Ana sabía que era inútil discutir. Se puso un poco de brillo en los labios, se calzó zapatos de tacón, se cepilló el pelo y salió de la suite.

La de él era la única otra suite que había en aquel

piso. Estaba decorada en tonos oro y azul y parecía mucho más grande que la de ella. Espejos de marco dorado adornaban las paredes y en una de ellas había una chimenea impresionante. Las cortinas eran de terciopelo dorado con cordones azules y detrás de los cristales brillaban las luces del lago en el ocaso. Ana miró el chorro de agua, iluminado a esa hora.

–¿Qué es esa fuente? –preguntó.

–El *Jet d'Eau*, la fuente más alta del mundo –Bastien le tendió un sobre marrón cuadrado–. Han dejado esto abajo para ti.

–¿Y por qué lo tienes tú? –preguntó ella.

–El conserje ha dicho que lo habían entregado unos minutos antes de que entrara yo. Le he dicho que te lo daría.

–Muy amable –ella extendió la mano–. ¿Me lo das?

–¿Qué hay en el sobre? –preguntó él con voz tensa.

–Ábrelo –respondió ella.

Él obedeció al instante. Se quedó mirando el recipiente de plástico.

–Esta mañana le pedí al médico de tu empresa que me enviara otro inhalador. Prometió que estaría aquí esta tarde.

Sonó el timbre de la puerta y, como Bastien no se movió del sitio, fue a abrir ella.

Bastien se pasó una mano por el pelo. Miraba todavía el inhalador. Ese objeto le recordaba que Ana tenía una enfermedad que podía poner en peligro su vida. Sintió una opresión en el pecho.

Se hizo a un lado para dejar que el camarero empujara el carrito hasta el comedor. Ana lo siguió.

–Esto parece delicioso. Estoy muerta de hambre –dijo, cuando se retiró el camarero.

–Pues sírvete –repuso Bastien. Se sentó a su lado y dejó el inhalador en la mesa.

–Te debo una disculpa –dijo–. No tenía derecho a interrogarte sobre el paquete. Lo siento.

Ella abrió mucho los ojos.

–Disculpas aceptadas –soltó una risita–. Los dos últimos días han sido un poco... duros, aunque no puedo decir que yo en tu lugar hubiera hecho lo mismo.

Bastien hizo una mueca. Alzó la botella de vino tinto y sirvió dos copas.

Ella probó la comida y lanzó un gemido.

–Está buenísima –miró el plato de él–. Tú no la has probado aún.

–No –repuso él. Tomó un sorbo de vino.

–Pues luego no te quejes si me la termino toda.

–Hazlo. Resulta refrescante ver a una mujer que no se queja de engordar con solo ver la comida –hizo una pausa–. ¿Qué puede provocar un ataque?

–¿De asma?

Bastien asintió.

–Solo he tenido uno serio, así que diría que no corro mucho peligro –ella se encogió de hombros–, pero a veces, en primavera, si hay mucho polen, puede ser incómodo. Y el humo tampoco ayuda.

Bastien frunció el ceño.

–¿O sea que no sabes cuánto peligro corres?

–Sé qué situaciones debo evitar y en cuáles no me pasará nada.

–¿Y eso no te impidió ponerte en peligro yendo al cumpleaños de tu amiga?

–No puedo vivir siempre con miedo a un ataque –ella siguió comiendo.

Bastien renunció totalmente a su plato y tomó la copa de vino.

–No, pero...

–Me llevé el inhalador –lo interrumpió ella.

Él miró su copa.

–Y ya sabemos lo que pasó luego –dejó la copa–. ¿Has hecho ya la maleta?

–No la deshice porque suponía que me iría hoy –contestó ella.

–Entonces podemos irnos justo después de cenar.

Ana asintió.

–Por mí sí. ¿Dónde está tu *château?*

–Está en Vaud, en las orillas del lago Léman.

–¿Habrá más gente allí?

–Los empleados viven en la propiedad, pero aparte de eso estaremos solos. ¿Te preocupa eso? –una parte de él quería que le preocupara, que esa idea la alterara tanto como lo alteraba a él.

Ella le devolvió la mirada.

–No. ¿Por qué iba a preocuparme?

–Porque te estás mordiendo el labio otra vez. ¿Te preocupa que, cuando nos quedemos solos, sintamos tentaciones de hacer guarrerías juntos?

–Por supuesto que no. Somos muy capaces de controlarnos.

Él sonrió.

–Si tú lo dices...

Capítulo 6

ANA fingió interesarse por el paisaje hasta que la oscuridad limitó su campo de visión a los árboles altos que bordeaban la carretera que llevaba al *château* de Bastien.

Château D'Or, lo había llamado él. El castillo dorado.

El lugar donde podían sentir tentaciones de «hacer guarrerías juntos».

Clavó los dedos en el asiento en un intento fútil por dejar de pensar qué guarrerías podrían ser esas. Sacudió la cabeza para despejar la mente.

–¿Cuánto falta? –preguntó.

–Unos diez minutos más. ¿Cansada?

El interés genuino de él hizo que se relajara un poco.

–Ha sido un día largo –se pasó una mano por el pelo–. He hecho algunas llamadas para ver si alguien sabía algo de lo que pasó en la discoteca.

–¿Y? –preguntó él.

–Nadie sabe nada.

Bastien enarcó las cejas.

–¿Eso te sorprende?

–Francamente, sí. Normalmente ese tipo de cotilleos se esparcen como las llamas de un incendio.

Él tardó un momento en hablar. Tenía la vista fija en la carretera.

–Conozco unos detectives con los que trabajo en ocasiones. Les pediré que investiguen.

–¿De verdad? –preguntó ella, sorprendida por la oferta–. Te lo agradezco mucho.

Poco después cruzaban una verja alta de hierro que terminaba en un arco de piedra que daba la impresión de que llevara allí desde la época medieval. Siguieron el camino de entrada a la casa, rodeado de árboles que parecían centinelas silenciosos.

Ana sintió un escalofrío. Se repitió el presentimiento que había tenido por la mañana, esa vez con más fuerza. Se dijo que era una tonta e intentó apartarlo de sí.

Cuando terminara de rodar los anuncios y pasara el juicio, quedaría libre de Bastien, libre para cumplir sus sueños. Procuró aferrarse a ese pensamiento y se enderezó en el asiento.

Enseguida supo cómo se había ganado su nombre el *château*.

Se elevaba como un espejismo encima de una colina pequeña, una sorpresa maravillosa al final de un bosquecillo. La piedra amarilla bañada en luz parecía dorada tanto de día como de noche.

–Es espectacular –dijo.

–Sí que lo es –él paró el motor del coche–. Bienvenida.

Ana lo siguió, sin poder apartar la vista del edificio. Constaba de tres plantas, con claraboyas que seguramente tendrían vistas increíbles del valle del que acababan de subir y parecía el castillo de los sueños de una niña. Hasta tenía una torre que daba al oeste, perfecta para ver la puesta de sol.

La puerta grande de madera de roble se abrió y una mujer bajita salió a saludarlos. Sonrió a Bastien.

–Esta es Chantal –dijo él–. Cuida de la casa y del jardín con su esposo. Su hijo y su nuera ayudan en los establos y se ocupan de los caballos.

–¿Tienes caballos? –preguntó Ana, después de saludar a la mujer.

–¿Montas? –preguntó él a su vez.

–Antes sí. Viví seis meses en un rancho en Brasil.

–¿Con quién? –preguntó Bastien.

–Lily y yo pasamos tiempo allí –contestó Ana. Hasta que el amante brasileño de su madre había roto con ella, pero no antes de que Ana aprendiera a amar a los caballos.

–¿Por qué os fuisteis? –preguntó él.

–No salió bien. ¿Qué clase de caballos tienes? –se apresuró a preguntar ella para escapar del tema de su madre.

Él cerró el maletero y tomó las maletas de ambos.

–Los mejores –sonrió–. Si de verdad te interesan, te los mostraré por la mañana.

–Sí, por favor –respondió Ana.

Pasó la siguiente media hora visitando el *château* y cada estancia que veía le parecía más espectacular que la anterior. Cuando Chantal le mostró su habitación, que incluía una cama de postes con cortinas de encaje, ya se había enamorado de la casa.

Bastien entró con su maleta justo cuando salía el ama de llaves.

–¿Está todo a tu gusto? –preguntó.

–Desde luego. Gracias.

–Si tienes hambre, Chantal puede prepararte algo.

–No, gracias.

Él permaneció allí con las manos en los bolsillos de atrás. Después de cenar se había puesto vaqueros y botas y llevaba un jersey gris de cachemira encima de la camisa. Con el pelo despeinado, daba una imagen viril que no desentonaría en la portada de ninguna revista de moda.

–Creo que me acostaré temprano –dijo ella.

Él asintió y se volvió hacia la puerta.

–Buena idea. Todo lo que impida que te metas en líos es una buena idea. Buenas noches –murmuró, antes de salir.

Ana se dejó caer sobre la cama. En las últimas horas, Bastien se había mostrado civilizado, incluso gentil a veces. Su disculpa en la cena y su oferta de investigar su acusación de posesión de drogas le habían hecho preguntarse cómo sería él si no hubieran compartido aquel episodio desgraciado del pasado.

Pero entonces volvió el presentimiento recurrente que la acechaba y pensó que quizá era mejor así porque no podía evitar pensar que, de otro modo, él sería aún mucho más peligroso para su salud emocional.

La despertó el ruido de la puerta del coche al cerrarse. Se desperezó y abrió los ojos, desorientada hasta que recordó dónde estaba.

Apartó las sábanas y corrió a la ventana.

El lago Léman brillaba como una cinta de plata, tan cerca que casi podía extender el brazo y tocarlo. Sus orillas se alejaban serpenteando hasta desaparecer de la vista. El paisaje espectacular del otro lado daba paso a una cordillera montañosa detrás de la cual divisó la cima familiar del Mont Blanc, en Francia.

Miró el coche que se alejaba. ¿Un huésped? Se dio cuenta de que no sabía ni siquiera si Bastien tenía novia y sintió un dolor inexplicable.

Una llamada a la puerta la sobresaltó. Entró corriendo en el baño, se echó una bata encima del minúsculo camisón que llevaba y fue a abrir.

Entró Bastien con una maleta grande.

—Ahí encontrarás una selección de ropa más adecuada —anunció—. Vístete y te espero abajo en diez minutos.

—Buenos días a ti también —contestó ella con rabia.

Él apoyó el hombro en uno de los postes de la cama.

—Buenos días, Ana. ¿Has dormido bien?

—Sí, gracias por preguntar. ¿Y tú?

—También, gracias. ¿Hemos terminado ya de conversar?

—Tal vez. ¿Te importa explicarme por qué me has traído ropa?

Él se enderezó y avanzó hacia la puerta.

—No creo que haga falta explicar eso. Vístete y ven abajo.

—No.

Él suspiró.

—Dijiste que te interesaban los caballos. No creo que quieras montar con la ropa que traías puesta.

Algo traicionero empezó a derretirse en el interior de ella.

—¿Y has ido de compras esta mañana?

—No —sonrió él—. La ropa se la puedes agradecer a Tatiana.

—Oh. Gracias, pero no puedo aceptarla. No suelo aceptar caridad.

—¿Y regalos de amigos? —preguntó él.

Ana se esforzó por no soltar un respingo.

—¿Somos amigos?

—Estoy intentando ser menos... ogro. Pero si tanto te importa el tema, puedes devolver la ropa cuando te vayas.

Sin previo aviso, apoyó el pulgar en la boca de ella. Ana no pudo evitar rozarlo con el labio.

Bastien tragó saliva. Le acarició el labio con el pulgar con ojos fieros e intensos y ella empezó a temblar.

Alguien gimió. Ana comprendió que había sido ella. Y en algún momento también había dejado de sujetarse la bata.

Los ojos de él se oscurecieron. Murmuró algo ininteligible en francés. Aumentó la presión del pulgar. A Ana le cosquillearon los labios. Cedió a la tentación y se introdujo el pulgar en la boca.

—¡No! —exclamó él. Retrocedió y tragó saliva—. No haré eso. No seré como...

Se pasó una mano por el pelo y se dirigió a la puerta.

—¿Bastien...? —ella se interrumpió. No sabía qué decir.

Él se detuvo con la mano en el picaporte.

—La ropa es tuya. Úsala o no la uses, es tu elección. Pero si quieres montar conmigo, baja en cinco minutos.

Ana se agarró al poste de la cama. Volvía a ocurrir. Aquel deseo ciego, aquel anhelo imparable que se apoderaba de ella siempre que estaba cerca de Bastien. Al menos él se controlaba un poco todavía.

Pero ella...

Abrió la maleta y encontró ropa ordenada de marcas familiares. Se puso unos pantalones de montar de color crema, que combinó con una camisa y un suéter de color chocolate. Unas botas negras de amazona completaban el atuendo y por primera vez en días se sintió cómoda. Se hizo una coleta con el pelo, agarró la chaqueta de montar y salió.

Bastien la esperaba al pie de las escaleras.

–Tatiana también ha traído tu nuevo contrato. Ven a mi estudio, puedes firmarlo ahí.

Ana frunció el ceño.

–¿Qué nuevo contrato?

–El que sustituye al viejo, cuyos términos tú violaste. Ayer enviaron una copia a tu agencia.

–¿Qué... qué dice? –lo siguió avergonzada.

–Más o menos lo mismo que el antiguo. Léelo si quieres. Si estás satisfecha, Chantal hará de testigo –él abrió la puerta del estudio.

Era una estancia grande y masculina, dominada por un escritorio antiguo enorme y con leña de cedro ardiendo en la chimenea. Ana miró el documento que había sobre la mesa y recordó las palabras de su madre. «Tienes belleza, no necesitas una educación».

Bastien le pasó el documento y un bolígrafo.

–Léelo y fírmalo en la última página.

Ana apretó el bolígrafo.

–No quiero apresurarme, Bastien. Lo firmaré cuando esté satisfecha.

Él frunció el ceño.

–Un rodaje como el de nuestra campaña no se organiza de la noche a la mañana. Y cambiarlo de país lleva aún más tiempo –entornó los ojos–. ¿Estás cambiando de idea?

–No –se apresuró a responder ella.

Había hecho progresos con su hándicap, pero no tantos como para poder lidiar con confianza con sus contratos. Sin embargo, la idea de confesar sus deficiencias a Bastien le producía un nudo de vergüenza en el estómago.

Miró el papel. Las palabras formaban una amalgama de blanco y negro que hacía temblar el documento en sus manos.

Bastien le sujetó las manos.

–¿Qué te pasa? –preguntó.

Ella se lamió los labios.

–Nada. Es que no quiero apresurarme por si paso algo por alto... Solo necesito unos minutos. ¿Puedes ir a avisar a Chantal?

Él asintió y salió de la habitación. Ana miró el documento con desesperación, pero nada tenía sentido. Lo dejó sobre la mesa.

Bastien había enviado una copia a Visual. Solo tenía que llamar y consultarlo con Lauren. Se disponía a sacar el móvil cuando volvió Bastien con Chantal.

–¿Has dicho que mi agencia lo ha aprobado? –preguntó ella.

–Sí. Esta mañana he hablado con Lauren.

Ana sintió alivio. Abrió el contrato por donde había indicado él y firmó su nombre con cuidado. Sentía la mirada de Bastien fija en ella, pero no miró en su dirección por miedo a que él adivinara su vergüenza secreta.

Bastien guardó el documento en un cajón y le tendió la mano.

–Ahora vamos a ver los caballos.

Ana sonrió y echó a andar con él.

El aire de la mañana era suave pero fresco. Cruzaron unos jardines bien cuidados, que absorbían la luz de la mañana. Ana casi no tuvo tiempo de admirar la profusión de flores antes de que llegaran al establo.

–¿Cuántos caballos tienes? –preguntó.

–Aquí seis. En Lucerne tengo unos establos más grandes.

Una mujer alta, la nuera de Chantal, los recibió en el establo. Ana vio un animal blanco y gris.

–Oh, es magnífico –dijo.

Bastien tendió la mano y acarició el morro del animal.

–Es una yegua. Se llama Tormenta. Es una lipizzaner austriaca. Son algo más pequeños que los árabes, pero igual de rápidos y poderosos.

Ana acarició a la yegua.

–Eres preciosa –musitó.

–También es animosa, terca y temeraria. Ha arrojado al suelo a más de un jinete –dijo Bastien.

–Pero a ti no, ¿verdad?

Él sonrió.

–A mí no.

–¿Y se puede saber cuál es tu secreto?

–He aprendido a ser paciente con ella, a saber cuándo ceder a sus pataletas y cuándo imponerme –él se adelantó y colocó un dedo entre los ojos de Tormenta–. Hemos aprendido a confiar el uno en el otro, pero ella sabe quién es el amo. Pero ven, te presentaré a tu caballo.

Ana lo siguió. En el último apartado se hallaba el caballo más hermoso que había visto en su vida. A diferencia de los otros, que mostraban sombras grises, aquel era todo blanco.

–Se llama Rebelle –musitó Bastien.

Pidió a un mozo que lo ensillara y ensilló personalmente el suyo.

Tomaron un camino por el bosque de detrás de la casa. Ana palmeó el cuello de su caballo.

–¿Su nombre significa lo que yo creo? –preguntó.

–¿Rebelde? Sí. Nació prematuro. Estaba enfermo y no tuvo ocasión de crear un vínculo con su madre. Cuando ella lo rechazó, pensamos que no sobreviviría, pero lo consiguió.

Ana sintió un nudo en la garganta. Volvió a palmear al animal.

–Te sorprendería la cantidad de niños que sobreviven a pesar del rechazo de su madre.

–Hablas por experiencia –dijo él.

–Seguro que ya has adivinado que Lily no es precisamente una mujer maternal –dijo ella, con la esperanza de que él dejara el tema.

–¿Estáis muy unidas? –preguntó Bastien.

–Una llamada de teléfono cada tres meses y una tarjeta por Navidad.

Él frunció el ceño.

–¿Y por qué es tu mánager?

–Aunque no lo creas, es una mujer de negocios astuta cuando la ocasión lo requiere. Fue también modelo y su conocimiento del mundillo ha sido útil en ocasiones.

Bastien asintió pensativo.

–¿Has hablado con ella últimamente?

–Me llamó ayer para aconsejarme cómo manejar mi problema.

Él enarcó las cejas.

–¿Y qué te dijo?

–Que no tuviera una relación contigo –contestó Ana. Y por una vez, pensaba seguir el consejo de su madre.

Bastien detuvo a la yegua.

–¿Y tú que le contestaste?

–Le dije que no había mucho peligro de que ocurriera eso.

–¿Y te dijo algo sobre quién podía haber metido las drogas? –preguntó.

Ella lo miró.

–No. ¿Por qué iba a hacerlo?

–Como has dicho, tiene más experiencia en el mundo de las modelos que tú. E imagino que querrá probar tu inocencia, aunque solo sea por motivos profesionales.

–Ya te he dicho que no tenemos una relación muy cercana. Y no, sé que no es perfecto, pero los dos sabemos que la vida casi nunca lo es –ella espoleó a Rebelle y lo puso al trote.

Bastien la alcanzó fácilmente y montaron hasta llegar a un arroyo pequeño. Allí desmontó, ató su caballo a un árbol y ayudó a desmontar a Ana.

–El tema de tu madre te altera –dijo.

Ana se apresuró a apartarse de él en cuanto llegó al suelo.

–Hasta ayer, creía que carecía del instinto maternal más elemental.

–¿Y qué pasó ayer?

–No estoy segura, pero parecía casi... preocupada.

–Es muy difícil matar la esperanza de un hijo.

–¿Hablas de ti o de mí?

Él apretó los labios.

–La mía murió hace mucho.

Ella soltó una risita ronca.

–¿Estás seguro? A veces el corazón quiere lo que el corazón quiere.

El tardó un momento en contestar.

–Entonces quizá deberías escuchar a tu cabeza y no a tu corazón –dijo.

Ana lo miró a los ojos.

–¿Eso es lo que haces tú?

–Yo tengo sentimientos –repuso él–, pero no dejo que interfieran con mi sentido común.

–Pues bravo por ti –ella adoptó un tono de burla.

–Gracias –dijo él. Se volvió–. Ven, hay una vista que te quiero mostrar.

Ana lo siguió entre un grupo de abedules hasta un pequeño claro donde los árboles terminaban en un saliente natural ancho cortado en la ladera. Allí respiró con fuerza. El valle se extendía bajo ella en un cuadro de perfección. La vista se prolongaba hasta el lago, con el *château* dorado entre las colinas. Allí, brillante bajo el sol de la mañana, sin nada alrededor en kilómetros, parecía sacado de un cuento de hadas. O un sueño de mujer hecho realidad.

Bastien, a su lado, respiró hondo, con una expresión de casi satisfacción en el rostro.

–¿Por qué me has traído aquí? –preguntó ella.

Él se encogió de hombros.

–He pensado que querrías verlo –la miró un momento a los ojos y después apartó la vista.

–El *château* tiene vistas hermosas desde todos los ángulos, pero esta es tu favorita, ¿verdad? –adivinó ella.

Él sonrió.

–Sí.

Algo suave y cálido se instaló en el pecho de Ana. Se alegraba mucho de que hubiera compartido aquel momento con ella. Señaló una cima en la distancia.

–¿Qué montes son esos? Parecen...

–¿Cuernos? Se llaman Los Diablerets, los cuernos del diablo.

Ana sonrió.

–Muy apropiado. Gracias por enseñarme esta vista. Creo que sería un fondo espectacular para el rodaje.

La sonrisa de él desapareció.

–¿El rodaje? –repitió con frialdad.

Ella señaló el paisaje.

–Sí. El castillo de Escocia era hermoso, pero esto es realmente espectacular. Creo que es perfecto.

–Por supuesto.

Ana lo miró y su sonrisa vaciló.

–Ha sido idea tuya traer el rodaje aquí.

–Ya lo sé.

–Y entonces, ¿por qué tengo la sensación de que piso una mina si hablo de eso?

Él apretó la mandíbula.

–No es nada.

Regresó a los caballos, la ayudó a montar, le tendió las riendas y montó a su vez.

Un silencio espeso los envolvió... hasta que ella no pudo soportarlo más.

–¿Tú creciste aquí?

El tardó un momento en contestar, pero lo hizo. Asintió.

–Cuando mi abuelo compró el *château,* estaba en ruinas. Lo restauró ladrillo a ladrillo y vivió aquí toda su vida. Mi padre lo conservó porque estaba cerca de la ciudad.

–¿No por su valor sentimental? –bromeó ella.

–El sentimiento tiene poca cabida en los negocios en el siglo XXI.

–¿Y por qué lo conservas tú? –preguntó Ana.

Bastien pareció sorprendido.

–Es una buena inversión.

–¿Económicamente o sentimentalmente?

Él la miró con frialdad.

–No intentes psicoanalizarme.

–¿Porque eres un gran enigma?

A él le brillaron los ojos.

–Al contrario, soy un hombre muy sencillo. Sé lo

que quiero. También sé cuándo el precio es demasiado alto para pagarlo. El tuyo no me lo puedo permitir.

Azuzó a su caballo y se adelantó en el sendero.

Ella lo alcanzó ya en el establo.

—¿A qué te refieres con eso? –preguntó.

Desmontaron y él tomó las riendas del caballo de ella y la miró a los ojos.

—Tú vives tu vida con sentimientos desatados. La pasión desenfrenada está muy bien en el dormitorio, pero en el mundo real solo sirve para que te lleves decepciones. Prefiero no mezclarme en la maraña inevitable del después. Con una vez fue suficiente.

—Como no recuerdo haberme ofrecido a ti, asumo que una vez más habla tu ego. ¿O es que te da miedo correr el riesgo de sentir algo que no sea amargura el resto de tu vida porque la apuesta del amor y la felicidad te salió mal una vez?

Él respiró con fuerza.

—¿Amor? No confundas el amor con el sexo o el deber, Ana. El sexo tiene una vida limitada y el deber es fácil sacudírselo cuando se vuelve demasiada carga.

Su rostro se contorsionó en una mueca de dolor y apartó la vista.

—Bastien...

—Chantal tendrá listo el desayuno. Ve tú delante. Nos vemos ahora en el comedor –dijo él. Metió a los caballos en el establo.

Ana volvió a la casa. Las palabras de él le habían clavado una espina en el corazón. ¿Tanto le habían afectado los sucesos de dieciséis años atrás que había cerrado su corazón por completo?

Capítulo 7

BASTIEN dejó el teléfono y se pasó una mano por la cara. Tres días ya y sus investigadores no habían descubierto nada. La persona que había incriminado a Ana había cubierto bien sus huellas. La policía no había encontrado huellas dactilares en el inhalador. Ni siquiera las de Ana.

Frunció el ceño.

Había visto de primera mano hasta dónde podía llegar la gente con tal de adquirir riqueza y poder. Lo despiadada y decidida que podía ser.

Dieciséis años atrás, Lily Duval se había fijado en su padre y se había esforzado casi de un modo obsesivo por conseguir seducirlo, apartarlo de su esposa y destrozar a su familia.

Y lo había conseguido. Aquel último día en Verbier estaba para siempre grabado en la memoria de Bastien, y no solo por el rostro lleno de lágrimas de su madre cuando le suplicaba a su padre ni por el rugido del coche de su padre cuando se alejaba con una Lily triunfante al lado.

Aquel había sido el día en el que sus padres lo habían rechazado de plano. El día en que había aprendido a bloquear sus sentimientos de una vez por todas.

Lo que más recordaba era el silencio. Se había retirado al cenador, que estaba frío como el hielo. Era su santuario, donde sabía que nadie lo molestaría. No supo cuánto tiempo había pasado y luego oyó la voz ronca y frenética de su padre, vio su rostro ceniciento y la rabia maníaca de Lily al ver desaparecer la vida que casi había conseguido.

Lo más sorprendente de todo había sido la serena compostura de Ana. Ni siquiera había parpadeado cuando le ordenaron recoger sus cosas. Como si estuviera acostumbrada.

La puerta de la biblioteca al abrirse lo sacó de sus pensamientos.

Ana lo vio y se detuvo en el umbral.

—Oh. Creía que estabas en el estudio —se volvió para marcharse.

—Entra. Necesito hablar contigo.

Ella obedeció. Se sentó y cruzó las piernas y él intentó no bajar la vista hacia allí.

—Mis investigadores no encuentran nada —dijo.

Ana abrió mucho los ojos.

—¿Nada en absoluto?

—Parece que no.

Una expresión rara cruzó por el rostro de ella, una expresión que se esforzó en enmascarar. Eso despertó las sospechas de él.

—Pero hay una cosa que me confunde —dijo.

—¿Cuál?

—La policía no encontró huellas dactilares en el inhalador. Ni siquiera las tuyas.

Ella saltó de la silla.

—¿Qué significa eso? ¿Sigues pensando que te miento?

Bastien sintió un nudo en la garganta al captar el dolor de la voz de ella.

—Cálmate. Yo no he dicho eso. ¿Qué es lo que no me has contado?

El rostro de ella permaneció impasible.

–No te entiendo.

Él se recostó en la silla.

–Hay algo que no has dicho. No quiero pensar lo peor...

–Pero lo vas a hacer de todos modos.

Él se encogió de hombros.

–Los dos sabemos lo irracionales que pueden ser los hombres y las mujeres cuando tienen fijación por algo.

Ella palideció y volvió a sentarse. Regresaron las sospechas de Bastien.

–A ver si lo entiendo. ¿Tú crees que yo tengo fijación por ti? –preguntó ella.

–No sería totalmente imposible.

–¿Ah, no? ¿Hace falta que te recuerde que todo lo que ha pasado hasta ahora entre nosotros ha sido mutuo? –ella se levantó de nuevo y se dirigió a la puerta.

Bastien se puso en pie y le bloqueó el paso.

–Esta conversación no ha terminado.

–Sí ha terminado. No sé por qué me engañé pensando que pudieras querer ayudarme –dijo ella.

Intentó pasar y él la sujetó por el brazo.

–Para, Ana.

–¡Vete a la porra! –exclamó ella. Se mordió el labio inferior.

–Te estás mordiendo el labio. Ocultas algo.

Ana suspiró.

–Me atribuyes demasiada astucia. No tengo tanta.

–Oh, sé muy bien lo astuta y seductora que puedes ser cuando te conviene.

Ella lo abofeteó con fuerza. A Bastien le dolió. También le hizo cobrar vida de un modo que nunca había imaginado. Se excitó en cuestión de segundos, con una erección fuerte e imparable. Sin pensar lo que hacía, bajó la cabeza y lamió el punto del cuello de ella donde latía su pulso. Oyó su respingo de sorpresa y la acercó más a sí.

–No.

La protesta de ella era firme y sólida... muy distinta a la debilidad que lo envolvía a él.

Alzó la cabeza despacio. Los ojos de ella expresaban dolor.

–No, no tengo fijación por ti –aclaró.

Lo dijo con tanta convicción que él se quedó sin aliento. Pero Bastien quería que la tuviera, como tenía él fijación por ella.

–¿Qué es lo que te has callado, Ana? Si quieres que te ayude, dímelo.

Ella apartó la vista.

–He... he pensado que quizá mi madre tuvo algo que ver con lo de las drogas.

Bastien se dio cuenta de lo difícil que le había sido admitir eso. Le puso las manos en las mejillas.

–¿Por qué crees que fue ella? –preguntó con suavidad.

Ana respiró con fuerza.

–La despidieron del papel que tenía. Cuando se enfada se vuelve cruel, pero después de nuestra conversación del otro día, no estoy segura...

–Diré a mis detectives que la investiguen.

Ella lo miró con ansiedad.

–¿Y si me equivoco? Ya sé que crees que soy tonta, pero si hay alguna esperanza de salvar una relación con ella, no quiero estropearla.

–No eres tonta –le aseguró él–. Y les diré que sean discretos.

–Gracias –Ana sonrió–. Siento haberte abofeteado.

–¿Por qué tengo la impresión de que esa disculpa no es seria?

Ella sonrió todavía más.

–¿Porque eres muy suspicaz?

–Tal vez, pero mi instinto me advierte de que eres peligrosa para mí –repuso él.

Ella abrió mucho los ojos. Soltó una risita sorprendida.

–Yo no soy peligrosa.

Bastien avanzó unos pasos y la colocó contra la puerta.

–¿Y por qué tengo la sensación de que tengo que hacerte mía o perderé el juicio?

–¿Tienes esa sensación? –ella se sonrojó.

–Quiero... Necesito hacer el amor contigo. Eres como una fiebre en mi sangre. Si no me equivoco, la fiebre que no se pasa puede matar. Eso te convierte en una seria amenaza para mi vida.

Ana no podía apartar la vista de Bastien. Era como si la hechizara con sus palabras.

–No hablas en serio –musitó.

Él se apretó contra ella.

–Sí. Estás en mi cabeza, en mi sangre...

Ana no podía negar el mensaje poderoso del cuerpo de él. Además, ella también lo deseaba.

Y eso era una locura.

Bastien bajó la cabeza y la besó en la boca. Tomó los pechos de ella y Ana gimió. Aquello no era suficiente. Quería más. Mucho más.

Como si hubiera oído su súplica silenciosa, él asió el dobladillo de la camiseta y se la subió. Ana movió su lengua contra la de él. Bastien respiró con fuerza y subió todavía más la camiseta.

Ella pensó en protestar, pero la fiebre que la consumía era una droga más potente que la heroína que le habían acusado de tomar. Las caricias de él prendían fuego en el mismo núcleo de su ser.

–Tócame –ordenó Bastien con voz ronca.

Y ella obedeció.

Le acarició la espalda y subió lentamente las manos hasta la nuca. Él soltó un gruñido profundo, que provocó un gran placer a Ana.

Bastien le mordió el labio inferior al tiempo que le pellizcaba los pezones. Ana soltó un grito. Un fuego líquido se acumuló entre sus muslos, empapándola de deseo.

Él le bajó el sujetador y se introdujo un pezón en la boca.

Ana lo miró y la visión le resultó tan erótica que se le doblaron las rodillas.

Cada roce de la lengua de él la acercaba más y más a un precipicio desconocido. Apretó con fuerza el pelo de él, que siguió succionando sus pezones.

Cuando ella pensaba que no podía haber nada más delicioso, él le desabrochó el sujetador.

–Necesito verte.

El instinto de autopreservación acudió en ayuda de Ana.

–No puedo. ¡Pero si ni siquiera te caigo bien!

Él se puso tenso. Su rostro expresaba sorpresa.

–Eso no es verdad. Tú no puedes evitar ser quien eres...

La risa de ella lo interrumpió. Ana lo apartó de un empujón.

–No puedo creer que me insultes un momento y al momento siguiente quieras hacerme el amor.

Él movió la cabeza.

–La lujuria no es lógica –se pasó una mano por el pelo–. Aunque no nos caigamos bien, no podemos evitar sentir así. La química entre nosotros no es racional, pero es innegable. Quizá si nos permitimos una noche de placer, acabemos con ella.

–¿Quieres decir satisfacer el deseo para matarlo?

Bastien se encogió de hombros.

–¿Por qué no?

–Porque entonces seríamos como animales que se aparean.

Él le tocó la barbilla.

–¿Y cuánto tiempo crees que podemos seguir evitándolo hasta que nos devore?

Ella se lamió los labios.

–No siempre tenemos que ceder a nuestros impulsos.

Bastien bajó la cabeza y la besó.

–Entonces aléjate –ordenó, con la boca a muy poca distancia de la de ella.

–¿Qué?

–Demuestra que no somos animales. Vete. Si puedes –le acarició el cuello con el pulgar.

–Bastien... –protestó Ana.

Intentó apartarse. Las duras consecuencias de la promiscuidad de su madre le aconsejaban que no cediera a sus instintos más bajos. Negó con la cabeza.

Él respiró hondo y la soltó. Ana sintió como si le hubiesen arrancado una parte de su ser.

Ella no era su madre. Podía tomar lo que quería y no destruir nada ni a nadie en el proceso. Podía hacer aquel único viaje con aquel hombre que prendía fuego a su mundo, explorar lo que prometía ser un placer inconmensurable y aun así mantener su dignidad y su corazón intactos.

Bastien era el único hombre que le había provocado aquellas sensaciones increíbles. ¿Y si aquella era su única oportunidad de conocer un placer apasionado? ¿Podía negárselo a sí misma? Tomó la mano de Bastien y la devolvió a su mejilla. Le besó la palma.

–Sí –dijo.

Él suspiró.

–A partir de aquí ya no habrá vuelta atrás. Tienes que saberlo –dijo con voz espesa y profunda.

Ana tragó saliva.

–Lo sé.

Bastien le pasó un brazo alrededor de la cintura, la levantó en vilo y caminó con ella hacia las escaleras.

Ella enterró la cara en su cuello, inhaló su potente aroma e intentó reprimir la aprensión que sentía por dentro.

Una vez en el dormitorio de Bastien, él la dejó en el suelo y le quitó la camiseta. Le puso las manos en el pelo y la miró a los ojos.

–Eres hermosa –musitó.

Ana carraspeó.

–Bastien, hay algo que debes saber. Yo no... no hago esto a la ligera.

Él le dio un beso largo y sensual en la boca.

–Lo sé. Por eso procuraré que sea especial para ti –extendió los brazos detrás de ella y le bajó la cremallera de la falda.

Cuando dejó caer la prenda al suelo, Ana se sintió más desnuda que nunca en su vida.

Carraspeó de nuevo.

–Quiero decir que mi experiencia es limitada –no podría soportar que él se llevara una decepción.

Él respiró hondo.

–Ana, ya casi no puedo más ni tú tampoco. Este

no es el momento de contarme tu experiencia, limitada o no limitada.

—Pero no hay...

Él se sacó la camiseta por la cabeza, se quitó los pantalones y los boxers y se quedó desnudo.

Ana nunca había visto un ejemplar de hombre tan hermoso. Su cuerpo era algo más que armónico, era fluido y flexible. Y sobre todo, era orgullosamente viril.

Su erección palpitaba con vida propia. Ella lo miró, incapaz de apartar la vista, y él se acercó.

—Si insistes en hablar —dijo, antes de besarla en los labios—, dime cuál es tu postura favorita. Empezaremos por esa.

Ella soltó una carcajada sorprendida. Se sonrojó intensamente.

Bastien bajó la cabeza y le llenó el cuello de besos. Giró despacio a su alrededor, hasta quedar situado detrás de ella. Le tomó el cabello con una mano y le fue dando besos a lo largo de los hombros.

Ana se estremeció incontrolablemente. Luchó por mantenerse erguida mientras él trazaba un camino erótico a lo largo de su piel. Cerró los ojos y se agarró a uno de los postes de la cama.

Él se entretuvo en la base de la columna y pasó la lengua justo por encima de la línea del tanga. La agarró por las caderas y la volvió hacia sí.

Ella abrió los ojos y lo miró. Él tenía las mejillas sonrojadas y el deseo resultaba evidente en su rostro. Ana leyó la intención de él y todos sus músculos se tensaron.

—¡No!

Él tenía la boca muy cerca de la prueba húmeda de la excitación de ella.

—¿No te gusta la idea de tener mi boca ahí?

–No es eso –ella se estremeció–. Es solo que yo nunca...

Él la miró sorprendido.

–Si tú nunca... ¿cómo sabes que no te gusta?

–Bastien, por favor...

Él la besó allí y la lamió con la lengua. La sensación la dejó sin fuerzas. Se derrumbó sobre la cama, ayudada por un empujón firme de Bastien. Soltó un grito y arqueó la espalda mientras él succionaba. Un placer inimaginable la envolvió. Separó los muslos y Bastien se movió entre ellos y siguió creando magia entre sus piernas.

A Ana le cosquilleó la piel, que se tensó con pequeños espasmos desconocidos que la dejaban sin aliento. La intensidad de la sensación le hizo gritar.

Ese sonido alentó a Bastien. Siguió acariciando con la lengua el punto ultrasensible de ella hasta que la llevó al orgasmo. Ana fue vagamente consciente de que se agitaba en la cama, incapaz de parar las fieras oleadas de éxtasis que recorrían su cuerpo.

Unas manos gentiles la acariciaron y la devolvieron lentamente a la realidad. Abrió los ojos y se encontró con la mirada afiebrada de él. Estaba tumbada sobre las almohadas, con ambas piernas atrapadas bajo la pierna más fuerte y peluda, de él. Bastien se apoyó en un codo y le apartó el pelo húmedo de la sien.

–Eres increíblemente receptiva, pequeña –dijo con voz ronca.

–¿Esa pasión desenfrenada que odias?

–Esa pasión desenfrenada no me importa tanto en la cama. Y una poca fuera de ella, tampoco.

Bajó la cabeza y la besó con furia. Ana le puso las manos en la espalda. Tenía la necesidad urgente de tocar cada centímetro del cuerpo de él.

Bastien hizo un ruidito mitad gruñido, mitad alentador. Ella le acarició la parte baja de la espalda. Cuando él volvió a gemir, se aventuró a bajar más y le apretó las nalgas. Hasta que él no se colocó sobre ella, no se dio cuenta de que ya no llevaba el tanga. La erección de él rozaba su cuerpo y le provocó una punzada de ansiedad.

Bastien la captó en el acto.

—No necesitas preocuparte. Te aseguro que no te haré daño.

Algo se derritió en el interior de ella. Bastien bajó los labios por su escote y trazó un círculo con ellos alrededor de un pecho. La espera hasta que llegó al pezón fue una tortura, pero al fin se lo introdujo en la boca. Ana cerró los ojos y se entregó a sus sensaciones. Lo tocó en todas partes, incluida la erección, pero él no tardó en apartarle la mano y besarle el dorso.

Cuando ella lo observó colocarse el preservativo, sintió un deseo renovado.

Bastien la miró a los ojos y acercó el pene a la entrada de ella. Un gemido estrangulado escapó de la garganta de Ana cuando él se apretó más contra ella. Él respondió hundiéndose en ella.

La mueca de dolor de Ana coincidió con el respingo de incredulidad de él.

Ana intentó mantener un rostro inexpresivo, pero sabía que él había captado su reacción. Cerró los ojos.

—Ana, mírame —dijo él con voz ronca.

Ella alzó la vista. Esperaba ver decepción, quizá también censura. Pero se encontró con una mirada abrasadora que la dejó sin aliento.

—Eres hermosa. Increíble —dijo él.

Sus palabras liberaron algo en el interior de ella.

Se movió instintivamente, deslizando sus músculos interiores a lo largo del pene rígido de él.

Bastien gimió. Ana volvió a moverse, estremeciéndose por el placer que acompañaba aquel acto minúsculo. Bastien le agarró las caderas y la obligó a parar.

Permaneció un rato inmóvil. Luego la penetró más fuerte aún y el éxtasis se apoderó de ella. Esperó la siguiente embestida y el corazón le latió con fuerza cuando llegó, más increíble aún que la anterior.

El cosquilleo no tardó en empezar, más fiero y más agudo que antes. Cuando se vio arrastrada por él, Ana supo que la primera vez solo había conocido una fracción del placer. Gritos roncos salieron de su garganta a medida que subía cada vez más alto.

Bastien embestía con movimientos frenéticos y la piel resbaladiza de sudor. Ella respondía con fervor, deseando darle tanto placer como le había dado él.

Sus lenguas se encontraron y él gimió profundamente. Su cuerpo se tensó en una última embestida y él quedó un momento congelado en el tiempo antes de que lo sacudieran una serie de convulsiones.

Ana lo abrazó y sintió contra su corazón los latidos atronadores del de él.

—Eres perfecto.

No supo si lo había dicho en voz alta y no le importó. Estaba demasiado repleta, demasiado saciada. Se le cerraron los ojos. Intentó combatir el sueño y consiguió protestar débilmente cuando Bastien le besó la comisura de los labios y salió de la cama. Pero fue inútil.

Y lo último que pensó antes de dormirse fue que su vida ya nunca volvería a ser igual.

Capítulo 8

ELLA había tapado con la sábana al salir de la cama, pero un pie sobresalía de debajo y su arco delicado lo tentaba con un deseo que Bastien había tenido la esperanza de que hubiera quedado saciado ya.

Miró el pie y tuvo que esforzarse por no tocarlo.

Tenía que pensar. Estaba siendo golpeado por emociones con las que no sabía qué hacer.

Su cerebro, especialmente, le jugaba malas pasadas. Si no, ¿cómo iba a haber imaginado que Ana era virgen? Si no, no estaría en ese momento sentado en el borde de la cama, viéndola dormir y deseando despertarla para repetir aquel modo increíble de hacer el amor.

Se pasó una mano por el pelo y empezó a levantarse.

Ella abrió los ojos y lo miró.

–¿Todavía es de noche?

–Sí –él buscó algo que decir–. ¿Cuánto tiempo llevabas sin hacer el amor? –no había sido su intención preguntar eso, pero lo había hecho de todos modos.

Ana se sentó despacio en la cama y tiró de la sábana para cubrirse los pechos.

–Toda mi vida –contestó.

–¿Eras virgen? –preguntó él con incredulidad.

Aquello le confundía, le sorprendía, le... ¿complacía?

–Sí.

Él había sido el primero.

–¿Por qué no me lo dijiste?

–Lo he intentado...

–No lo has intentado lo suficiente.

–Pero tú sabías... tenías que haberte dado cuenta...

Bastien se había mostrado impaciente, zafio. Como un lobo en la temporada de apareamiento, su necesidad había sido lo primero. Había sido el animal que ella lo acusaba de ser.

No tenía derecho a estar allí con ella. Tenía que haber sido más cuidadoso, más...

Miró el pie de ella.

Todavía podía.

Subió los ojos por el cuerpo femenino hasta su rostro. La mirada que le devolvió ella era osada, inocente. Excitada. Una combinación embriagadora.

Bastien se había prometido una noche y nada más. Cumpliría su promesa. Por la mañana se habría librado de aquel deseo inexplicable por Ana Duval. Después de esa noche, podría resistirse más fácilmente.

La besó. Ella abrió inmediatamente los labios y lo acarició con la lengua con una confianza nueva que amenazaba con destruir la de él. Su Ana aprendía deprisa.

No. No era su Ana. Solo era suya por esa noche.

Empezó a acariciarla. Apartó los labios de su boca y le besó la barbilla y el lóbulo de la oreja.

Sacó otro preservativo de la mesilla y se lo puso.

–Date la vuelta –dijo.

Si no veía su hermoso rostro ni soñaba con besarla hasta que perdiera el sentido, quizá pudiera controlar mejor la locura que lo envolvía y durar más tiempo.

–¿Qué? –la voz de ella traslucía un deseo que no lo ayudaba nada a controlar el suyo.

La idea de hacerle el amor de aquel modo era aún más embriagadora que poseerla en la postura del misionero. Maldijo entre dientes. Él había empezado aquello y tendría que acabarlo.

Levantó un dedo y lo giró lentamente. Ella abrió mucho los ojos e invirtió su posición.

Él se inclinó y colocó los labios en la primera vértebra. Un estremecimiento recorrió el cuerpo de ella. Bastien fue bajando los labios por su piel, decidido a no ahogarse en sus gemidos de placer. Lamió con la lengua los pequeños hoyuelos de encima de las nalgas.

–Bastien...

Su nombre nunca había sonado tan excitante. Él respiró hondo y cerró los ojos para restaurar su cordura. Cuando alzó la vista, vio que ella lo miraba.

Estaba preparada y él se hallaba a punto de explotar. Depositó un beso en cada nalga y fue besando su columna hacia arriba.

Se colocó detrás de ella, le alzó una pierna y la colocó sobre su cadera. Cuando ella se volvió a mirarlo, la besó en los labios.

–Esta es mi postura favorita. Dime si te gusta.

La embistió y soltó un gemido de placer cuando los músculos interiores de ella se cerraron en torno a su pene. La sujetó con firmeza con una mano y volvió a embestir. Ella gritó.

–¿Te gusta? –preguntó él. Tenía que saberlo. Tenía que oírselo decir.

–Sí.

Ana apartó los labios de los suyos y su respiración se fracturó al acercarse al clímax. Bastien le tomó el

lóbulo de la oreja entre los labios. Pequeños espasmos
acariciaban su pene. Gimió y la vio cerrar los ojos al
tiempo que sus nalgas empujaban con fuerza la pelvis
de él.

–¡Bastien! –ella le agarró el brazo en el momento
del orgasmo.

Él la embistió una última vez con un rugido que
ahogó los gritos de ella. Su clímax fue como una ava-
lancha que vació hasta el último pensamiento cohe-
rente de su mente y lo llevó a alturas que no había al-
canzado nunca.

Cuando los espasmos de su cuerpo remitieron por
fin, le dio un beso en la mejilla, agotado.

–Has estado magnífica –gruñó. Quería decir más,
pero se detuvo justo a tiempo. Ya se había adentrado
bastante en territorio desconocido.

Ana despertó lentamente. Eso ya debería haberle
advertido de que algo había cambiado. Normalmente
despertaba al instante, con la mente alerta.

Era casi como si su subconsciente quisiera prote-
gerla de la dura realidad de la mañana después.

Supo al instante que estaba sola.

Él había cumplido su palabra.

Solo una noche. A Ana le dolió que no se hubiera
quedado hasta la mañana. Se había acostado con ella
y ahora había terminado con ella.

Recordó lo ocurrido durante la noche y se sonrojó.
La última vez, ya al amanecer, había creído morir de
placer.

¿Era eso lo que empujaba a su madre, la razón de
que persiguiera a los hombres con tanto ahínco? Si
era eso lo que sentía cada vez que encontraba un

hombre nuevo, Ana podía empezar a entender por qué su madre hacía lo que hacía.

Bastien la había ayudado a explorar la sensualidad que antes temía. Y siempre le estaría agradecida por ello.

Pero la noche había terminado.

Se levantó, se vistió y salió de la habitación.

Debajo de la ducha, no pudo evitar acariciar su piel. No podía dejar de pensar que algo fundamental había cambiado en ella.

Se puso una falda gris de lino y un suéter de cachemira rosa. Se dejó el pelo suelto y se dio brillo en los labios. Se guardó el móvil en el bolsillo y bajó las escaleras con el corazón latiéndole con fuerza por la idea de volver a ver a Bastien.

Lo encontró en la mesa del comedor. Tenía la cabeza inclinada sobre el periódico y un mechón de pelo rubio oscuro le caía sobre la frente.

—Buenos días —la saludó al verla—. Has dormido bien —no era una pregunta.

—Sí.

Él sonrió.

—Debes estar hambrienta.

Esperó a que se sentara, le ofreció fruta y le sirvió una taza de café. Abrió un cruasán, le untó mantequilla, añadió algo de mermelada y se lo pasó.

—Gracias —murmuró Ana. Tomó un mordisco. La confusión se mezclaba en su vientre con el deseo. Bastien se mostraba encantador.

—El equipo de rodaje llega mañana —dijo él. Mordió medio melocotón—. Así que hoy es nuestro último día de descanso. ¿Qué te apetece hacer?

Ana parpadeó.

—Si no te importa, me gustaría dar un paseo con Rebelle.

–Es una idea.

–¿Hay otras? –preguntó ella.

Bastien tendió una mano y le acarició la mejilla.

–Puedo pedirle a Chantal que prepare un picnic y damos un paseo en barco por el lago.

Aquello sorprendió y agradó a Ana.

–De acuerdo, tú ganas. Eso suena muy bien.

La sonrisa de él se hizo más amplia. Le hizo señas de que comiera y tomó su periódico.

–Esta mañana tengo cosas que hacer. Nos vemos en el muelle a la una.

–De acuerdo.

Él se dirigió a la puerta, pero se volvió antes de salir.

–No olvides abrigarte. El tiempo puede cambiar rápidamente, especialmente más al norte.

–Gracias –dijo ella.

Cuando entraba en la biblioteca después de desayunar, vibró su teléfono. Lo sacó del bolsillo.

–Por fin. Llevo desde anoche intentando localizarte –dijo Lauren.

Ana se sonrojó.

–Perdona, tenía el teléfono en modo vibración.

–Solo quería charlar un rato. Normalmente llamas para comentar todas las cláusulas de tu contrato, pero esta vez no has llamado.

Siguió hablando con rapidez, con lo que obligó a Ana a concentrarse.

Al principio no podía creer lo que oía. Apretó el teléfono con más fuerza. El estómago le dio un vuelco.

–Perdona, Lauren, ¿te importa repetir eso, por favor?

Lauren suspiró y lanzó otra andanada de palabras.

Cuando terminó la llamada, Ana tenía la sensación

de que toda la sangre había huido de sus venas. Se agarró al brazo de un sillón luchando por respirar.

Oyó vagamente que se abría la puerta y pasos que se acercaban.

–¡Ana! ¿Qué ocurre?

Parecía... preocupado. Pero ella sabía que era mentira. ¡Con qué habilidad la había engañado!

Después de la debilidad anterior, ahora un torrente de fuerza recorrió sus venas. Se giró hacia él.

–¡Eres un bastardo! –exclamó–. Un bastardo ruin y despreciable.

Capítulo 9

EL ROSTRO de Bastien se endureció.

–¿Qué he hecho ahora?

–Tú sabes bien lo que has hecho. ¡Cómo he podido ser tan estúpida!

Ana no podía controlar sus temblores ni el profundo pozo de dolor que inundaba su corazón. Había confiado en él. Había bajado la guardia y se había entregado a él.

–Me temo que no entiendo nada –declaró él–. Vuelve a probar.

–¡Mi contrato! Confiaba en ti –se había sentido a salvo con él, se había permitido creer que no le haría daño.

Él respiró hondo.

–¿Qué pasa con tu contrato?

–Tú dijiste que era «más o menos» como el anterior. Pero mentiste. Es mucho más.

–Explícate. Todavía no sé cómo crees que te he engañado.

–Tú sabes lo que has hecho. Mi último contrato terminaba el mes próximo. El nuevo dura un año más.

–Y supongo que eso supone un problema para ti.

–No. Te estoy insultando por deporte. Por dentro estoy bailando de alegría.

–La ironía no te sienta bien.

–¿No? ¿Prefieres que te arañe y te saque los ojos? –gritó ella.

Para vergüenza suya, se le quebró la voz y empezó a llorar.

Se limpió las mejillas con la mano con furia.

–¿Cómo has podido?

Él enarcó las cejas.

–No comprendo. Tú leíste el contrato. ¿Por qué lo firmaste si no estabas de acuerdo?

Ella empezó a llorar con más fuerza. Intentó apartar la vista, pero Bastien la miraba a los ojos con intensidad. Se acercó y la agarró por los hombros.

–¿Por qué firmaste el contrato? –repitió.

Ella intentó desesperadamente soltarse, pero él se lo impidió. Ana reprimió un sollozo. Sabía que no había ningún lugar donde esconderse.

–Porque no quería admitir que no... no sé...

Él le apretó los hombros con más fuerza.

–¿Que no sabes qué?

–¡Que no sé leer!

Bastien abrió mucho los ojos. Dejó caer las manos.

Ana sabía que su sorpresa daría enseguida paso a la repulsión. Salió corriendo de la habitación. El hecho de que él no la detuviera ni la llamara le pareció muy elocuente.

No se detuvo hasta que salió de la casa y respiró aire fresco. Pero seguía sollozando. Entró en el jardín. Pasó al lado del estanque de las carpas y corrió hasta un banco situado en la parte más alejada de la casa. Se dejó caer en él y enterró la cara en las manos.

El secreto que había guardado casi la mitad de su vida ya no era tal. En parte sentía alivio por no tener que acarrear ya esa carga pesada. Pero también habría dado lo que fuera por no haberlo dicho. Porque Bastien ya nunca volvería a mirarla igual. Un hombre en su posición no querría tener nada que ver con alguien con su hándicap.

Lo oyó acercarse un segundo antes de que apareciera detrás de un rosal. Alto y poderoso, cuando se detuvo frente a ella, tapó la luz del sol.

Ana se volvió, con la esperanza de que la cortina de su cabello ocultara su rostro lleno de lágrimas.

–Márchate –dijo.

Él no contestó. Delante de ella apareció un pañuelo blanco bien doblado. Lo agarró, dio las gracias e intentó reparar el daño lo más posible.

Él se acomodó en el banco a su lado y ella se apartó un poco.

Bastien tardó un rato en hablar.

–Cuéntame –pidió al fin con gentileza.

A ella le temblaron los labios y apartó la vista.

–Preferiría no hacerlo.

–No tienes de qué avergonzarte –dijo él–. La dislexia es algo común...

–No tengo dislexia. Apenas sé leer o escribir porque hasta que decidí encargarme de ello hace un año, nunca me habían enseñado.

Bastien no mostró repulsión, solo curiosidad.

–¿Por qué? –preguntó.

–Cuando se divorciaron mis padres, Lily seguía trabajando de modelo. Cuando mi padre perdió la batalla por la custodia, quedó destrozado. Regresó a Colombia y ella me sacó del colegio con la excusa de que teníamos que viajar y me contrataría profesores privados. Y al principio lo hizo. Pero no les pagaba y se marchaban después de un par de meses.

Hizo una pausa.

–Una vez le dije algo a mi padre y ella quemó todas mis muñecas y me llamó desagradecida. Después de eso no se molestó en ocultárselo a mi padre. Sabía que eso le disgustaría mucho. Es profesor y la educación es su vida. La denunció unas cuantas veces. Ella respondió prohibiéndome verlo durante dos años. Cuando firmó mi primer contrato con la agencia de modelos, me advirtió de que, si decía algo de mi analfabetismo, no volvería a ver a mi padre. Tenía miedo, así que mentí a la agencia cuando me preguntaron si tenía profesores privados. Una vez le pregunté por qué a mi madre. Me dijo que era guapa y no necesitaba educación.

Bastien lanzó un juramento.

—Has dicho algo de hace un año. ¿Qué cambió entonces?

Ana respiró hondo.

—Decidí dejar de ser modelo. Mi padre estaba comentando su último hallazgo conmigo. Era fascinante y le dije que me encantaría ser voluntaria en uno de sus proyectos. Pero incluso como voluntaria, necesitaría estudios básicos. Busqué un profesor y he progresado bastante, pero cuando estoy bajo presión, todavía no...

Él movió la cabeza.

—¿No estás asqueado? —preguntó ella.

—Pues claro que no —repuso él. Y sus palabras denotaban algo que parecía casi... admiración.

Ana movió la cabeza. Seguro que imaginaba cosas.

Bastien sacó unos papeles del bolsillo. Ana reconoció su contrato.

—Esto es un contrato entre Diamantes Heidecker S.L., una empresa subsidiaria de la Corporación Heidecker y la señorita Ana Duval del...

–Bastien, ¿qué haces?

–Lo que habría hecho si me lo hubieras dicho ayer. Yo jamás abusaría de tu confianza. Aunque no creas nada más, cree eso.

Siguió leyendo con su hermosa voz. Ella escuchó reprimiendo las lágrimas y con el corazón tembloroso.

Bastien no estaba asqueado. No se burlaba de que no supiera leer.

La estaba ayudando.

Cuando él terminó de leer, la miró.

–¿Lo has entendido todo?

–Sí. Lo has ampliado un año más porque estás pensando en hacer una continuación de la campaña.

–Sí. ¿Habrías firmado este contrato si hubieras sabido lo que sabes ahora?

Ella vaciló un segundo.

–No. Quiero ir a trabajar con mi padre.

Bastien asintió. Sin apartar la vista de ella, rompió el contrato hasta que solo quedaron pedazos pequeños. Hizo una bola con ellos y se la guardó en el bolsillo.

–¿Por qué? –preguntó ella.

–Tú no sabías lo que firmabas. No me aprovecharé de eso.

Ana sintió que el suelo se hundía bajo sus pies. La embargó el mal presentimiento de otras veces, pero esa vez captó algo de lo que significaba y no la asustó tanto. Sintió también una necesidad abrumadora de tocar a Bastien, de conectar con él, de contarle aquella sensación inexplicable a la que no podía poner voz.

Le tocó la mejilla.

–Si sigues así, empezaré a pensar que no eres tan duro como quieres dar a entender.

–No te engañes –dijo él con una sonrisa–. Sigo siendo el mismo.

–Puede, pero ya no das tanto miedo.

Él se puso serio.

–¿Te daba miedo?

–Sí, pero solo porque no te conocía mucho.

–¿Y crees que ahora me conoces?

–Me gustaría... si me dejaras.

Ana sabía que estaba entrando en territorio prohibido, pero se obligó a sostener la mirada de Bastien cuando esta se volvió dura.

–No hay nada que conocer. Soy un hombre sencillo.

«Con corrientes subterráneas de equipaje emocional», pensó Ana.

No lo dijo, pero no pudo reprimir la tentación de besarlo levemente en los labios. Él enseguida profundizó el beso hasta que los dos tuvieron que tomar aire.

–Gracias por escucharme y por sentirte asqueado porque no sé leer –murmuró ella.

Él movió la cabeza, le besó la mano y la tomó en la suya.

–No saber leer o escribir no define quién eres. No te avergüences de ello –se puso de pie–. Después discutiremos tu nuevo contrato. Tengo que hacer unas llamadas antes de salir para el picnic.

–¿Todavía sigue en pie? –preguntó ella, sorprendida.

–No ha cambiado nada.

A Ana le dio un brinco el corazón, pero la alegría no le duró mucho. Su acuerdo de una noche no había cambiado, todavía seguía en pie. Ella, por su parte, sí había cambiado. Y con ese cambio había llegado un anhelo profundo de luchar por lo que quería.

Y quería a Bastien.

Ese pensamiento y la verdad que encerraba la sacudieron con la fuera de un rayo.

–De acuerdo –dijo–. Iré a refrescarme y nos vemos en el embarcadero.

Bastien terminó sus llamadas antes de lo previsto, pero reprimió las ganas de buscarla y siguió en su estudio. La confusión que lo había asaltado por la noche había vuelto después de la confesión de ella de que no sabía leer.

¿Qué iba a hacer con el afán protector que sentía cuando la veía sufrir? Apretó la mandíbula. Lily Duval había perjudicado a su hija a muchos niveles. El rechazo de sus padres había hecho que Bastien olvidara toda idea de tener una familia. Una vida de soledad con alguna relación temporal que otra le parecía bien. Pero Ana había perdonado a su madre una y otra vez. A Bastien le costaba entender aquello, pero no podía negar que lo encontraba aleccionador y que le obligaba a examinar su relación con sus padres.

Tomó el teléfono y marcó un número. Cuando saltó el buzón de voz, carraspeó.

–Mamá, soy yo, Bastien. Te llamaré mañana –soltó el teléfono y se pasó una mano por el pelo.

¿Qué narices le ocurría? ¿Qué demonios hacía arriesgándose una vez más al rechazo?

Ana llamó en aquel momento a la puerta.

–El picnic está listo. ¿Quieres que lo lleve al embarcadero?

Bastien bajó la vista y vio una cesta larga en el suelo. Tomó el asa con más fuerza de la necesaria.

–No hace falta, ya la llevo yo. Estoy listo para partir.

Ella echó a andar a su lado. Bastien intentó no inhalar ansiosamente su aroma.

En el embarcadero, vio la sorpresa de ella cuando llegaron a la lancha azul marino de seis metros.

—Creía que sería una réplica del superyate que tienes en Cannes —comentó ella—. ¿O ese es para seducir a las empleadas a las que quieres despedir?

Él la miró de hito en hito.

—Lo que pasó en aquel yate solo ha pasado una vez. Contigo.

La ayudó a subir y le pasó la cesta.

—¿Adónde vamos? —preguntó ella.

—Vamos corriente arriba, a Villeneuve.

Se pusieron en marcha y Ana echó atrás la cabeza y sonrió, disfrutando de la brisa.

Bastien no podía apartar la vista de ella. Se esforzó por concentrarse en manejar la lancha. La llevó hasta una pequeña ensenada y señaló una colina que había encima de ellos.

—En la cima hay un punto interesante —dijo—. Comeremos allí.

Llegaron a la cima y ella miró las vistas.

—Es precioso —se volvió a Bastien y este le miró la boca. Lo embargó una oleada de deseo. Ella se tambaleó como si la alcanzara físicamente la fuerza del deseo de él. Se sentó sobre la manta.

—¿Puedo ayudar con algo?

—Toma un plato y saca la comida. El pan estará todavía caliente. Yo cortaré el queso cuando sirva el vino.

Llenó una copa de cristal y se la pasó. Los dedos de ella rozaron los suyos. Bastien oyó un respingo suave y se obligó a ignorarlo.

—El tiempo es más agradable que en Londres —comentó ella—. Odio el frío.

–¿Y por qué vives allí?

Ella se encogió de hombros.

–Me crie allí. Pero no viviré mucho más tiempo.

–La arqueología será un gran cambio.

Ella tomó un bocado de comida y masticó antes de contestar:

–Me encantan los retos.

Bastien le miró la boca, la garganta, bajó la vista hasta el pecho, pero volvió a subirla. Tenía que acabar con aquel deseo febril que lo inundaba cada vez que la miraba.

–No me mires así, *ma petite*.

–¿Así cómo? –preguntó ella, retadora–. Ayúdame un poco, no sé cómo funciona esto. Tú me besas cuando te apetece, me tocas, me tomas la mano, ¿y yo no puedo mirarte?

Él apretó la mandíbula.

–Tú no solo miras, seduces con cada suspiro, me tientas con cada aliento.

Ella lo miró dolida.

–No lo hago deliberadamente.

Él soltó un ruidito mitad risa mitad gemido.

–Lo sé. Ese es el problema.

–¿Se te ha ocurrido que quizá reacciono así porque me atraes?

Bastien no quería que ella confundiera su encuentro sexual con algo más. Los sentimientos eran caóticos. Llevaban a corazones rotos y al rechazo.

Ella carraspeó.

–Anoche...

–Lo de anoche es todo lo que puede haber.

Ana lo miró a los ojos.

–¿Por qué?

–Porque si dejo que la tentación gobierne mi vida, no seré mejor que... –él se detuvo.

–¿Que quién? ¿Que tu padre? Ibas a decir eso, ¿verdad?

Él se puso de pie y miró el lago.

–Déjalo, Ana –gruñó.

–¿De qué tienes tanto miedo?

Bastien giró hacia ella.

–¿Miedo? ¿Crees que tengo miedo?

–¿Y qué es, si no? No te permites sentir y gritas a la gente que quiere conocerte mejor. Tú dejas que los pecados de tu padre marquen tu modo de vivir.

–Padres. En plural –él la miró a los ojos–. ¿Y tú qué? ¿No has conservado la virginidad porque no querías terminar como tu madre?

–Sí, pero yo ya no soy virgen –señaló ella con suavidad–. Y me esfuerzo mucho por no ser como mi madre. Lo que sucedió hace dieciséis años fue terrible, pero al menos tus padres encontraron el modo de volver y siguieron juntos. Tuviste suerte.

Bastien soltó una carcajada dura, que procedía de un lugar oscuro de dolor que creía sellado para siempre.

–¡Suerte! ¿Tú llamas suerte a vivir con un padre adúltero que no se molestaba en ocultar sus infidelidades y una madre que en lugar de proteger a su hijo intentó quitarse la vida del modo más melodramático posible?

Capítulo 10

ANA luchó por respirar.

–¿Qué? Oh, Bastien, lo siento mucho.

–Olvídalo.

Ella intentó respirar, pero solo logró un jadeo angustiado.

–¿Qué te pasa? –preguntó él.

La tomó del brazo y le alzó la cara hacia él.

–Nada. Estoy bien. ¿Cuándo intentó tu madre quitarse la vida?

Él dejó caer la mano.

–Ahora no. Tenemos que volver.

–Bastien, por favor, háblame.

–Si no quieres que nos pille la lluvia, tenemos que movernos.

Ana alzó la vista y miró sorprendida las nubes negras que se movían por encima del lago. El tiempo había cambiado.

Recogieron el picnic y volvieron a la lancha en silencio, aunque ella sintió la mirada preocupada de él más de una vez.

Entraron en el *château* por la cocina, donde Chantal guardaba comida en la despensa. Bastien le dio las gracias por el picnic y dejó la cesta en la encimera.

Cuando se volvía para salir, vio una foto pequeña al

lado de la ventana. La miró sorprendido. Era una foto en la que estaba con sus padres en el embarcadero. Él tenía cinco o seis años y todos parecían... felices. Tomó la foto. ¿Tenía razón Ana? ¿Había dejado que lo que pasó dieciséis años atrás dictara su modo de vivir?

–La conservé de... antes –dijo Chantal detrás de su hombro–. Espero que no le importe.

Bastien dejó la foto y se volvió. Ana lo miraba desde el umbral. Estaba pálida.

–Necesito ir a lavarme –dijo.

Él respiró aliviado.

–Está bien. Hablaremos luego.

Fue directamente a su estudio y se sirvió un coñac. Lo llevó a la terraza y miró cómo se ponía el sol sobre su lago favorito. Pero la escena no lo tranquilizó como otras veces.

Entró en el estudio, introdujo unas palabras en la barra de búsqueda de su ordenador y leyó lo que apareció. Satisfecho de haber encontrado lo que necesitaba, cerró el programa y entonces oyó la voz de Ana en el pasillo y se dirigió a la puerta.

Ella se había puesto un vestido naranja que realzaba su piel de un modo espectacular.

–¿Tienes hambre? –preguntó él.

–No –respondió ella.

Echaron a andar hacia la biblioteca. Bastien tomó un libro de uno de los estantes.

–Tengo algo para ti –dijo–. Ven.

Ella lo siguió al estudio. Al lado del portátil de él había otro más pequeño. Bastien lo volvió hacia ella.

–Siéntate –dijo.

Ana obedeció. Él pulsó una tecla y la pantalla cobró vida.

–No sé lo que utiliza tu profesor, pero he encontrado un programa para enseñarte lectura y escritura básicas. ¿En casa utilizas ordenador?

–Sí –ella se sonrojó levemente.

–Bien –Bastien le enseñó a manejar el sencillo programa hasta que pudo hacerlo sola–. Este portátil es tuyo. Daremos una clase todas las mañanas después de desayunar. No te equivoques. Si creo que no te empleas a fondo, seré duro contigo. ¿Por qué te muerdes el labio?

–Porque estoy intentando no llorar, idiota.

El instinto protector que tanto molestaba a Bastien lo embargó de nuevo.

–Si intentas conseguir que sea más blando contigo, olvídalo.

Ella rio y ese sonido inundó de felicidad las venas de él.

–¿Por qué haces esto, Bastien?

Él buscó una respuesta superficial, pero no la encontró.

–Porque eres una persona generosa y con talento y mereces tener a alguien de tu parte –contestó.

Los ojos de ella se llenaron de lágrimas y él reprimió una maldición.

–Pero en la colina has dicho...

–No he debido ser tan duro contigo. La verdad es que hasta he llamado hoy a mi madre debido a ti. Estoy pensando ir a Gstaad cuando termine el rodaje. ¿Quieres acompañarme?

Los ojos de ella se iluminaron.

–Si tú quieres, sí –extendió el brazo y le tocó la rodilla–. Dime lo que pasó con ella. Por favor. Quiero saberlo –imploró con suavidad.

Bastien tragó saliva. Se inclinó hacia delante y apoyó los codos en las rodillas.

–¿Recuerdas el último día en Verbier?

–Sí –la sonrisa de ella era triste–. Tu madre se presentó de pronto y exigió ver a tu padre. Lily le gritaba a tu padre...

Bastien apretó la mandíbula.

–Y él lo pagaba con mi madre. Hablaban en francés, así que tú no lo entendías. Le dijo que no tenía derecho a estar allí, que estaba harto de que se aferrara a él de un modo tan patético.

Ana se encogió. Él le pasó el pulgar por la mejilla.

–Le dijo que iba a dejarla y se divorciaría de ella en cuanto volvieran a Ginebra.

–Oh, Bastien...

Él movió la cabeza.

–Le dijo que, si quería luchar por mí, él no se interpondría. Y ella... –una vieja herida que no se había curado nunca se abrió de pronto y lo devolvió al pasado de modo que las voces de sus padres sonaron tan claras como si estuvieran allí con él–. Ella dijo que, si no podía tener a mi padre, no me quería a mí.

Ana dio un respingo y lo abrazó. Bastien la estrechó con fuerza, aunque notaba que el dolor que había sentido todos esos años era mucho menor en esa ocasión. Como si desnudar su alma ante ella hubiera paliado la angustia.

–¡Oh, Dios mío, Bastien! Lo siento mucho. No tenía ni idea –murmuró ella.

Él se apartó y la miró. Los ojos de ella estaban brillantes de lágrimas.

–Estás llorando otra vez.

–Ningún niño debería tener que oír eso.

–¿Lloras por mí después de lo que has sufrido tú? –él atrapó una lágrima de ella con el pulgar.

–Tal vez llore por los dos –ella se incorporó despacio y lo besó en la mejilla.

Bastien quería abrazarla y no dejarla ir. Y eso lo asustaba y lo empujó a apartarse.

–No lo sientas –dijo–. Fue una lección bien aprendida. La gente usa el amor como una herramienta para hacer daño. Mi madre intentó quitarse la vida porque quería demasiado a mi padre para verlo con otra mujer. No pensó ni por un momento en su hijo ni en cómo me afectarían a mí sus actos.

–¿Crees que ella te traicionó? –preguntó Ana.

–No. De hecho, creo que ni siquiera pensaba en mí. Pensaba solo en sí misma, estaba obsesionada con vivir un cuento de hadas, por buscar ese «vivieron felices y comieron perdices».

Ana tragó saliva. Apretó las manos en su regazo.

–El amor no es un cuento de hadas.

–No, es una excusa para que la gente se haga daño. Siempre que creo que puedo perdonarla, recuerdo que eligió el modo más melodramático posible de demostrar su supuesto amor. Un amor que no me incluía a mí.

Ana tragó saliva, en un esfuerzo por tragar también el nudo de dolor que se había ido formando allí desde que Bastien había empezado a hablar. Su corazón sangraba por él.

–¿Fuiste... fuiste tú el que la encontró?

–No –él frunció el ceño–. ¿No lo recuerdas?

Ana, confusa, negó con la cabeza.

–¿No recuerdas el caos cuando Lily y mi padre regresaron unas horas después?

–Sí, pero... –ella lo miró escandalizada–. ¿Quieres decir que fue entonces cuando tu madre intentó...?

–Y casi lo consiguió –dijo él con amargura–. Los doctores dijeron que media hora más y habría estado muerta.

–¿Pero cómo?

Ana recordaba la figura triste y decaída de Solange Heidecker. Ella estaba en una de las habitaciones de invitados, donde se había escondido cuando terminaron los gritos. Solange había entrado y la había visto allí.

–¿Cuál es la habitación de tu madre? –le había preguntado–. Ven a mostrármela.

Ana se la había mostrado, se había quedado en el umbral y la había visto inspeccionar la ropa y los zapatos de Lily. Al fin se había quitado los zapatos y se había tumbado en la cama, con las lágrimas rodando por sus mejillas.

–Por favor, dile al ama de llaves que me traiga algo para el dolor de cabeza –le había pedido.

Ana sintió una garra fría en el corazón. Se le nubló la visión.

«¡No! No, no».

–¡Ana! –oyó la voz de Bastien en la distancia, al otro lado del vacío que se cerraba en torno a ella.

«Oh, por favor, Señor, no».

¿Qué había hecho? Santo cielo, ¿qué había hecho?

Bastien la agarró por los hombros, pero ni siquiera eso pudo sacar a Ana de la oscuridad del pasado.

–Ana, habla. ¿Qué te pasa?

La urgencia de su voz por fin rozó la consciencia de ella. Vio su rostro y pensó que ella había sido la causa de su dolor. Sus ojos se llenaron de lágrimas.

–Lo siento mucho –se le quebró la voz y empezó a sollozar.

–¿Por qué?

–Tu madre. Tomó pastillas, ¿verdad?

Él frunció el ceño.

–Sí, ¿pero cómo...?

–Ella... ¡Oh, Dios, Bastien! Ella no intentó suicidarse. Creo que tomó una sobredosis por accidente. Y yo... yo le di las pastillas.

Capítulo 11

EL ROSTRO de Bastien palideció. La miró horrorizado... incrédulo.

–Eso no es posible, Ana. Ella fue a Verbier con el propósito expreso de... –se interrumpió y tragó saliva.

–Tú no estabas allí –dijo ella–. Estabas en el cenador. Me pidió que le dijera al ama de llaves que me diera pastillas para el dolor de cabeza. Lily siempre guardaba un frasco de píldoras en la mesilla y me... me decía que eran para el dolor de cabeza. ¡Oh, Dios! Yo no... no podía leer la etiqueta. Se... se las di a tu madre...

–¿Cuántas tomó?

–No recuerdo.

Él la apartó y se puso de pie. Se acercó a la ventana.

–¡Dios mío!

–Lo siento –sollozó ella.

–Y yo he creído todo este tiempo... –él se volvió y apretó los puños a los costados.

–Lo siento muchísimo... ¡Oh, Dios!

Él se acercó y le agarró los brazos.

–Deja de disculparte. Tenías ocho años y no sabías leer. Tú no tienes la culpa.

–Pero si hubiera llamado a alguien en vez de darle las pastillas... –ella, horrorizada, se llevó una mano a la boca–. Las repercusiones de aquel día han forjado tu vida. Lo que hice ha influido en cómo has visto a tu madre los últimos dieciséis años...

Él le sacudió los brazos, casi con desesperación.

–No es verdad. No olvides lo que ella dijo antes de tomar las pastillas. Tú no tuviste nada que ver con eso.

–Suéltame, Bastien.

–No. Tú querías hablar, así que hablaremos.

–No queda nada que decir. Te arruiné la vida...

–¡No, maldita sea! Escúchame.

–No hay nada que puedas decir que me haga perdonarme a mí misma. Nada.

Ana se soltó y corrió a la puerta.

Por suerte, él no la siguió.

Ana subió a su habitación y se dejó caer en la cama. Ella había provocado la sobredosis de Solange Heidecker y le había destrozado la vida a Bastien.

¿Cómo podría perdonarla?

A la mañana siguiente despertó cuando llamaron a su habitación. El corazón le dio un vuelco, pero cuando abrió la puerta, se encontró con Chantal, no con Bastien.

–*Bonjour, mademoiselle*. Ha llegado el equipo de rodaje.

–Oh. Está bien. Gracias –Ana se lamió el labio, indecisa–. ¿Bastien se ha levantado ya?

Chantal la miró con solemnidad.

–No. *Monsieur* se marchó anoche.

Ana sintió una punzada de profundo dolor.

–¿Se marchó? ¿Cuándo volverá?

El ama de llaves se encogió de hombros y se alejó.

Ana cerró la puerta. Respiró hondo. Bastien se había ido y ya no podía pedirle perdón.

La llegada del equipo de rodaje llevó un frenesí de actividad al *château*. Ana participó de buena gana en el caos organizativo y ayudó a Chantal a distribuir a la gente en sus habitaciones. Estaba dispuesta a hacer lo que fuera con tal de huir del lugar desolado en su interior que amenazaba con abrumarla siempre que pensaba en Bastien.

La primera fractura en su fachada falsa se produjo cuando Lily le puso un mensaje de texto deseándole suerte en el rodaje. La esperanza que había concebido desde que la llamara por teléfono se negaba a morir por mucho que Ana se empeñara.

Su compostura sufrió otro golpe cuando a mediodía llegó un abogado para ayudarla a redactar las nuevas condiciones de su contrato. Bastien había reducido los doce meses a dos. Ella firmó los documentos con el corazón dolorido por la generosidad de él. Después procuró entregarse a fondo al rodaje para no pensar.

—Ana, vamos a seguir.

Ella, que miraba por la ventana de la torre, se volvió hacia Robin Green, el director del anuncio.

—Esa expresión desolada está bien para la escena de abajo, momentos antes de que llegue tu príncipe después de siete años separados. Pero no para la escena de la torre. Recuerda que aquí es donde triunfa el amor. Quiero resplandor, éxtasis, pasión inolvidable. ¿De acuerdo?

Ella asintió, aunque no sabía cómo iba a hacer eso cuando sentía tanta angustia por dentro.

–Piensa en algo evocativo. Un amor besándote en el cuello –sugirió él.

Por la mente de Ana cruzó la imagen de Bastien haciendo exactamente eso. Sus mejillas se sonrojaron y su cuerpo reaccionó al instante.

–Sí. Eso es. Ahora mira directamente a la cámara.

Ana respondió automáticamente a sus directrices. Se llenó de vergüenza cuando el director expresó su aprobación. En cuanto pudo tomar un descanso, salió corriendo de allí, pero el estribillo que se repetía en su mente no se detuvo.

Lo amaba.

Amaba a Bastien.

Saber eso le producía un calor interno, a pesar de saber también que nunca sería suyo.

«No te desmorones. No te desmorones».

De algún modo, consiguió trabajar toda esa tarde y el día siguiente sin ceder a la desesperación y sin llorar más.

Tal vez Robin tenía razón y ella era una actriz innata, porque hasta consiguió interpretar la pasión requerida en la última escena, en la que su amante en la pantalla le presentaba la joya de la corona, el diamante amarillo que era la marca de la casa de Diamantes Heidecker.

Cerró los ojos, imaginó que estaba besando a Bastien y la escena se rodó en una única toma.

Y lo mejor de todo, nadie se dio cuenta de que tenía el corazón roto en un millón de pedazos.

Capítulo 12

EL RODAJE terminó justo después de mediodía. Ana hizo su equipaje. Bastien se había marchado y ella no tenía derecho a estar allí cuando volviera. No tenía intención de mancillar el *Château D'Or* con su presencia más de lo necesario.

Estaba recogiendo sus últimas prendas cuando Xander Brison, el protagonista masculino del anuncio, entró en la habitación, y se dejó caer en un sillón antiguo.

–Vendrás esta noche, ¿verdad?

Tatiana había reservado un restaurante exclusivo en Montreaux para la fiesta del final del rodaje, pero Ana no estaba interesada en celebraciones.

–Estaba pensando saltármelo –declaró.

–De eso nada. Tú eres la reina de la fiesta. Si no vas tú, no voy yo.

–Xander...

–No habrá reporteros, si eso es lo que te preocupa.

Ana negó con la cabeza.

–No lo es.

Él la miró pensativo.

–¿Te preocupa esa acusación absurda de las drogas?

–Absurda o no, es una acusación real –contestó ella.

Él asintió.

–¿Tienes idea de quién te puso eso en el bolso?

–No, pero gracias por no asumir que soy culpable.
Él alzó los ojos al cielo.

–Por favor. Tú montas un número si alguien dice
que va a tomar una aspirina. Podrías ser la chica del
anuncio de una campaña universal antidrogas.

–Eso no me da una idea de quién lo hizo.

Él la miró unos segundos en silencio. A ella empezó a latirle el corazón con fuerza.

–¿Xander?

–No voy a señalar a nadie, pero quizá tengas que
buscar al culpable cerca de casa. Y lo de «casa» lo
digo en un sentido literal.

A Ana le dio un vuelco el corazón.

–¿Estás seguro?

Él se encogió de hombros.

–Yo solo digo que explores esa opción –él se puso
en pie–. Y ahora arréglate. Nos vamos de fiesta.

Ana se disponía a negarse de nuevo, pero se detuvo.
Ya tendría tiempo de pensar en su corazón roto más
tarde. Cuando estuviera lejos de allí. Había conseguido
lo que se había propuesto, salvar la campaña publicitaria. Negándose a asistir a la fiesta solo conseguiría
desatar las lenguas, y eso podía deshacer todo el bien
que había logrado.

–Está bien. Iré –dijo.

Xander salió de la estancia.

Ana eligió una prenda que era más túnica que vestido. Las mangas largas le cubrían los brazos, pero
llegaba solo hasta medio muslo. La ciñó con un cinturón metálico del tono del bronce y se puso tacones
altos. Se dejó el pelo suelto, se maquilló y bajó.

El viaje a Montreaux duró menos de una hora.

La suite privada del hotel Belle Epoque había sido

reservada solo para ellos. Los miembros del equipo murmuraron su aprobación al entrar. Ana intentó sentir placer por lo que la rodeaba, pero fracasó miserablemente. Sentía desolación y dolor cada vez que pensaba en Bastien.

Lo amaba. Y él no la querría jamás.

–Eh, Ana, mis fans de Twitter preguntan por ti. ¿Quieres decirles algo? –Xander le plantó su móvil delante de las narices–. Ponles cualquier mensaje que quieras.

Ella tomó el teléfono y escribió cinco letras. Al terminar, la embargó una sensación de triunfo. Xander miró la pantalla.

–¿Solo les vas a decir eso a dos millones de fans? Prueba algo sexy y escandaloso.

–Le aconsejo encarecidamente que no, si quiere seguir trabajando para mí, señor Bryson.

Ana alzó la cabeza al oír la voz profunda de Bastien. Este estaba detrás de ella. Parecía cansado, pero eso no disminuía en nada su atractivo. Ella quería levantarse de un salto y echarse en sus brazos, pero permaneció donde estaba, paralizada, aunque el corazón le latía con fuerza.

Bastien le quitó el móvil de Xander y se lo devolvió a su dueño.

Se sentó en una silla que acababa de materializarse milagrosamente al lado de ella.

–*Bon soir,* Ana.

Su tono de voz era neutral; su cara, la máscara impasible de sus primeros encuentros.

–Hola –consiguió responder ella–. ¿Qué tal el viaje?

Él la miró a los ojos.

–Esclarecedor. Y muy necesario –dijo.

Alguien le puso una copa de champán en la mano. Se reanudaron las conversaciones en torno a la mesa. Bastien alzó una mano para pedir silencio.

—He visto el montaje final de camino aquí y creo que debo felicitarlos a todos por un trabajo bien hecho.

Todos vitorearon.

—Vamos al club de al lado. ¿Vienen? —preguntó Xander, entre el jaleo.

—No, no vamos —repuso Bastien—. Nos marchamos ya.

Se despidieron de la gente y, antes de que Ana pudiera reaccionar, volvía a encontrarse en la limusina de Bastien, alejándose del hotel.

—¿Alguna razón para que no quisieras ir al club? —preguntó, por llenar el silencio.

Él apretó la mandíbula un momento y después respiró hondo.

—No quiero que pase ni un día más sin aclarar las cosas entre nosotros. Pero tú puedes ir si quieres.

El corazón de ella se llenó de aprensión.

—Umm. No, gracias.

Él asintió y volvió la vista a la ventanilla. Pasaron cinco minutos más. Ana apretó las manos en el regazo para detener su temblor. Con su temblor interior no podía hacer nada.

—Bastien —musitó. No sabía qué decir, pero sabía que tenía que decir algo.

Él movió la cabeza.

—Aquí no. Hablaremos cuando lleguemos a casa.

Cuando el coche cruzó la imponente verja, ella reconoció por fin el presentimiento que había tenido la primera vez al llegar allí. El destino, sabiendo lo que le esperaba, había intentado prepararla para el fenómeno del amor. Confió en que el destino se mostrara igual de bondadoso y le diera una oportunidad de arreglar las cosas con Bastien.

El coche se detuvo al pie de los escalones del *château*. Bastien la ayudó a salir y se apartó de ella en el acto.

–Tengo que hacer una llamada. Iré a buscarte enseguida –dijo.

Ana asintió y paseó sin rumbo de habitación en habitación. Acabó en la torre, donde todavía quedaba equipo del rodaje.

–Estás ahí.

Bastien se adelantó y a ella se le oprimió el corazón al ver su expresión.

–No sabía si querrías una copa o no –él le tendió una copa de vino y la observó acercarse.

Sus sentidos cobraban vida al verla. Los pocos días pasados fuera le habían parecido una vida entera. Una vida pasada con miedo a perderla.

Las horas siguientes a su llegada a casa de sus padres las había pasado en un limbo, reviviendo el recuerdo de Ana alejándose de él una y otra vez. Resultaba irónico que el único lugar del que se había esforzado en alejarse todos esos años hubiera sido el lugar donde había podido encontrar respuestas que podrían ayudarlo a recuperar a la mujer que amaba.

–Me... alegra que hayas vuelto –comentó ella.

–¿De verdad? –preguntó él, que necesitaba estar seguro.

Porque había descubierto que ya no podía mantener sus sentimientos a raya más tiempo.

Sus pasados estaban inextricablemente unidos. Y

por mucho que antes se hubiera resistido, ahora quería que sus futuros también lo estuvieran.

Se acercó a ella y vio que contenía el aliento. Lo miró a los ojos con expectación.

–Gracias por haberme enviado al abogado.

–Era lo que te merecías. Yo siempre cuidaré de ti.

Ella abrió mucho los ojos.

–¿Qué es lo que estás diciendo?

–¿Sabes dónde he estado estos días?

Ella negó con la cabeza.

–Fui a ver a mis padres a Gstaad. Tuvimos una larga conversación.

Ella lo miró. Sus ojos denotaban dolor.

–¿Y cómo... fue? –preguntó.

Bastien intentó alejar el dolor de aquella confrontación, intentó no recordar la emoción que había embargado su pecho al oír a su padre expresar sus remordimientos. «Mi debilidad destruyó a mi familia... prácticamente tuviste que criarte tú solo. Perdóname».

–Fue difícil. Había mucha culpa, mucha amargura. Sabía que no sería fácil, pero había llegado el momento de lidiar con el pasado, de arreglar las cosas con mi padre. De arreglar las cosas contigo –y con la madre que había descubierto que lo quería mucho.

Ana dejó la copa de vino en una superficie cercana y se acercó a él con mirada implorante.

–Por favor, créeme. No sabía qué pastillas eran o yo jamás... –se le quebró la voz.

Bastien le tocó el brazo.

–Tienes que dejar de culparte por eso. Yo no te culpo ni mis padres tampoco. Tienes que superar eso y perdonarte o no podremos seguir adelante.

En los ojos de ella brillaron lágrimas.

–¿Seguir adelante? ¿Qué estás diciendo?

–Digo que el pasado ya ha ensombrecido bastante tiempo nuestras vidas. Mi padre tiene sus defectos, pero ha compensado de sobra por ellos estos últimos dieciséis años. Yo no quería verlo porque he pasado todo este tiempo encerrado en aquel cenador frío. Hizo falta que tú me sacaras de él. Y mi madre... –suspiró–. Sabía que las pastillas que le diste no eran para el dolor de cabeza.

Ana abrió mucho los ojos.

–¿Lo sabía?

Él asintió sombrío.

–No fue a Verbier con la intención de quitarse la vida. Y llamó a mi padre a los pocos minutos de tomar las pastillas. O sea que no hay nada que perdonarte. A veces, cuando estás bajo un trauma profundo, olvidas las cosas importantes. Yo olvidaba que ella me protegió mucho tiempo del comportamiento de mi padre. Creo que por eso no tenía sentido que intentara quitarse la vida. Perdí de vista eso, pero estar con ella me lo ha recordado. Creo que todos hemos pagado ya suficiente, ¿no te parece?

Ella asintió temblorosa.

–Te he echado de menos –declaró él con sencillez–. ¿Y tú a mí?

–Sí.

Él la tomó en sus brazos y la besó. Y todo lo demás desapareció. Ana reaccionó al beso con el abandono temerario de un paracaidista en caída libre saltando desde un avión.

Excepto que ella no llevaba paracaídas. Pero en aquel momento no le importaba. La caída llegaría luego, por el momento disfrutaría del vuelo.

Cuando él la bajó desde la torre hasta su suite y cerró la puerta, ella ya estaba delirante de deseo.

–Paciencia –le susurró él al oído–. Déjame desnudarte primero.

Le quitó el vestido y los zapatos y ella quedó de pie ante él con solo el tanga y un sujetador a juego.

Él miró su cuerpo con detenimiento.

–Fui un tonto al decir que solo quería una noche contigo –musitó. Le desabrochó el sujetador y lo dejó caer al suelo.

–¿Por qué? –preguntó ella.

–Porque jamás podría bastar con una noche, mi hermosa Ana –él la abrazó–. Nunca.

Le llenó la cara de besos, casi adorándola con la boca. Esos besos prendían fuegos donde tocaban la piel y llenaban los sentidos de ella de deseo y, sí, también de amor. Lo que había ocurrido antes de que descubriera sus sentimientos había sido sexo.

Aquello, para ella, era hacer el amor.

Lo tocó y se regodeó en el gruñido de placer de él cuando sintió sus dedos. Tardó un momento en darse cuenta de que estaba desnudo y ella yacía encima de él en su cama. La erección de él palpitando en su vientre le provocó una fuerte necesidad. Quería que él llenara su cuerpo, que llenara su corazón.

Pero antes quería explorarlo como no lo había hecho nunca. Se liberó de sus besos y le besó la mandíbula y mordisqueó su piel. Le besó la garganta y bajó a continuación los labios por el pecho y el estómago.

Al fin lo sintió en la mejilla. Alzó la vista. La mirada afiebrada de Bastien mostraba una desesperación que hizo que a ella le corriera más deprisa la sangre por las venas. Incapaz de privarse de ello, cerró la mano alrededor de su pene y empezó a tocarlo. El cuerpo entero de él se estremeció y un gemido profundo retumbó en su pecho.

–Ana... –su nombre era en parte súplica y en parte advertencia.

Ella, que sabía que el macho alfa que había en Bastien no le dejaría mucho tiempo aquella libertad, rodeó el pene con la boca. No supo si el gemido que oyó fue suyo o de él, pero la sensación del pene en la lengua le provocó un placer tan intenso que sintió palpitar su clítoris con fuerza renovada.

Bastien jadeaba. Extendió el brazo ciegamente y tomó un preservativo de la mesilla. Tiró de ella hacia arriba y se colocó encima. La besó en la boca con una desesperación que bordeaba la crueldad.

La penetró con una embestida profunda, con el brazo debajo de la cadera de ella para mantenerla inmóvil.

Los ojos de Ana se llenaron de lágrimas a medida que el placer aumentaba cada vez más. Cuando se acercaba al clímax, abrió los ojos. Bastien la miraba con intensidad.

–Te amo –gritó ella cuando el placer alcanzó su punto máximo.

El rostro de él expresó sorpresa. Cerró los ojos y respiró hondo. A continuación bajó la cabeza y volvió a besarla un momento antes de llegar también al orgasmo. Cuando volvían lentamente a la realidad, la estrechó contra sí y le susurró al oído palabras estranguladas.

Mucho después de que él se quedara dormido, Ana permaneció despierta, intentando desesperadamente alejar el miedo de que, al admitir sus sentimientos, acababa de exponerse a que le partieran el corazón.

Capítulo 13

BASTIEN, no sé bien lo que pasa aquí».
«Lo que pasa es que te deseo y tú me deseas a
mí. Quédate conmigo».

Ana repasó en su mente la conversación de unos
días atrás.

Ella había aceptado y Bastien la había llevado en
helicóptero hasta una lujosa cabaña de troncos de Chamonix. En aquel momento lo vio salir del baño, cubierto solo con una toalla enrollada en la cintura. Se
acercó a la cama donde estaba ella y la besó. Ana respondió a su beso, indefensa en su amor.

Pero ese amor estaba teñido de un miedo que no
desaparecía, el miedo a que nunca fuera correspondido del todo.

—Bastien...

Él apoyó la frente en la de ella.

—Si no queremos quedarnos atrapados aquí los próximos días, tenemos que irnos ya.

Habían anunciado nevadas y aunque a ella le gustaba la idea de quedarse atrapada allí con él, tenía que
pensar en el tema del juicio. Se mordió el labio inferior.

—¿Qué te ocurre? —preguntó él.

—El juicio —murmuró ella—. Tengo miedo.

Él la abrazó y la besó con gentileza.

–No quería adelantar nada hasta estar seguro, pero tuve noticias de mis investigadores hace un par de días.

–¿Y?

–No fue tu madre –repuso él.

Ana sintió un alivio inmenso.

–Gracias por decírmelo –soltó una risita–. Debes pensar que soy muy irracional con el tema de Lily, pero lleva unos días poniéndome mensajes –su madre le había enviado varios, el último pidiéndole que se vieran cuando regresara a Londres–. Si podemos salvar algo de nuestra relación...

–No creo que seas irracional. Es difícil creer lo peor de una madre. Y en cuanto al juicio, creo que mis detectives sabrán pronto quién es el culpable. No te preocupes por eso. Pase lo que pase, te protegeré. Te lo prometo.

A ella le dio un vuelco el corazón. Decidió ser sincera.

–No estoy totalmente segura, pero creo que fue Simone.

Él apretó los labios.

–Yo también. Mi gente está rastreando unos vídeos de seguridad y pronto tendremos la respuesta. Lo siento.

Ana no quería creer eso de su compañera de piso, pero después de pensarlo bien, no había tenido más remedio que aceptar que el permanente estado de atolondramiento de Simone sonaba a falso.

–Tengo que volver a Londres –dijo con tristeza.

–Iremos juntos.

Ella le besó los labios y él lanzó un gemido y profundizó el beso, silenciando de paso las dudas de ella, al menos momentáneamente.

Los sentimientos de Bastien eran profundos.

Cuando él alzó la cabeza, miró el reloj y anunció imperiosamente que tenían tiempo después de todo, ella se dejó derretir contra él.

Ana miró por la ventanilla el Londres gris y encapotado. Después del *Château D'Or,* el apartamento de dos dormitorios que compartía con Simone en el sur de Londres le parecía lúgubre y deprimente. Nunca más volvería a ser su hogar.

El chófer paró en la acera. Bastien empezó a abrir la puerta de su lado, pero ella lo detuvo.

–¿Te importa que haga esto sola?

Él la miró con admiración.

–De acuerdo. Yo iré a hacer algo útil en la oficina. Llámame cuando hayas terminado y vendré a buscarte, *amour de mon coeur.*

Ella asintió y lo besó.

Salió al aire frío y mantuvo la sonrisa hasta que la limusina se perdió de vista. Arrastró la maleta y entró en su casa con un nudo en el estómago.

Simone estaba sentada en el sofá con las piernas cruzadas y el portátil de Ana en el regazo. Se hallaba tan absorta en lo que hacía que tardó un momento en ver a la recién llegada.

–¡Ana! –exclamó sorprendida–. No sabía que volvías hoy.

Ana dejó la maleta en la puerta y el bolso en la mesita de café de la pequeña sala de estar.

–¿Cómo sabes la contraseña de mi portátil? –preguntó.

Simone se encogió de hombros.

–Supongo que me la darías tú.

–No.

Simone se echó a reír.

–¿Me estás llamando mentirosa?

Ana apretó los puños y respiró hondo.

–Lo sé, Simone. Lo de la droga. Sé que fuiste tú –dijo.

La otra tardó un momento en reaccionar. Cuando lo hizo, la miró con malicia.

–No puedes probarlo.

Ana suspiró.

–Sí puedo. Te aseguraste de no salir en las cámaras de la discoteca metiéndome las drogas en el bolso, pero era tu cumpleaños y todo el mundo quería una foto tuya.

Los ojos de Simone mostraron miedo, pero la malicia seguía también presente.

–Mientes. Tuve cuidado.

–No lo suficiente. Lo que quiero saber es por qué.

Simone alzó los ojos al cielo.

–Oh, para bajarte los humos. Todo el mundo toma drogas, pero tú eres demasiado buena para el resto del mundo. La verdad es que no quería hacerlo, esa droga es muy cara. Pero me advirtieron de que podía haber una redada y... ¿Estás grabando esto?

–¿Cómo dices?

Simone chasqueó los dedos.

–Ah, no, no sabrías hacerlo. Porque no sabes leer.

Ana miró su portátil. Su programa de lectura estaba abierto. Se acercó al sofá y tomó el portátil con furia.

–¡Cómo te atreves!

–No te molestes en negarlo.

Ana la miró fijamente.

–¿Me ibas a dejar ir a la cárcel por algo que hiciste tú?

Simone se encogió de hombros.

–¿Por qué no? Para ti todo es muy fácil. Los contratos, los aviones privados, el novio multimillonario... Por cierto, ¿lo sabe él?

–Sí. Y no le importa.

Simone la miró sorprendida.

–Pues yo no pienso admitir lo de las drogas. Diré que tú estabas en el asunto. Será tu palabra contra la mía. ¿Crees que su empresa sobrevivirá a otro escándalo, especialmente si sigues siendo su novia?

–Olvídalo, Simone. No iré a la cárcel por ti –declaró Ana con firmeza.

Su compañera de piso salió de la habitación. Unos minutos después, Ana oyó la puerta del piso. No le preocupaba que Simone escapara. Bastien le había dicho que la policía había sido avisada y sus detectives también la vigilaban.

El timbre de la puerta la sobresaltó. Fue a abrir.

Su madre iba vestida de Chanel *vintage* de la cabeza a los pies, con el rostro perfectamente maquillado y el cabello recogido en un moño impecable.

–Hola, Lily –musitó Ana, con una mezcla de desolación y dolor.

–Pareces disgustada –dijo su madre–. ¿Quieres que me vaya?

Ana negó con la cabeza.

–No, no es por ti. He descubierto quién me metió la droga –le resumió la conversación con Simone y aceptó la conmiseración de su madre–. ¿Qué pasa, Lily? Te noto... diferente.

Su madre rio. La siguió a la sala de estar.

–¿Quieres decir diferente a la pesadilla con la que creciste? –por primera vez en su vida, Lily parecía nerviosa–. El mes pasado empecé un programa de rehabilitación de drogas. Uno de los pasos es reparar daños. Y creo que he sido muy mala madre contigo, pero es solo que... una vez que inicié ese camino destructivo, no supe cómo parar –le temblaban los labios.

Ana la miró sorprendida.

–No sé qué decir.

–Por favor, dime que me darás una oportunidad, que no me descartarás por completo.

Ana parpadeó para reprimir las lágrimas.

–No te descartaré.

Su madre suspiró.

–No me lo merezco, pero gracias –miró la maleta al lado de la puerta–. ¿Te marchas otra vez?

–Sí. Bastien estará aquí en una hora.

–Hace dos días hablé con Philippe –dijo su madre.

–¿El padre de Bastien?

Lily asintió. Sus ojos azules se oscurecieron de dolor.

–Parte del programa de reparaciones. No podía evitarlo. Me habló de la visita de Bastien.

–Sí, fue a verlos. Creo que todos estamos preparados para dejar atrás el pasado.

–Espero, por el bien de todos, que eso sea cierto, pero Philippe está preocupado por Bastien. Cree que acarrea mucho dolor de lo de hace dieciséis años. Perdona, sé que sientes algo por él, pero quiero que tengas cuidado. No quiero verte sufrir.

Lily la miró a los ojos y Ana vio en ellos algo que creía que no vería nunca allí.

Cariño.

Sintió un nudo en la garganta.

–No te preocupes por mí –se puso en pie–. Estaré bien.

Su madre también se levantó.

–Quería decirte también que he vuelto a firmar con Lauren. Al parecer, una mujer de mi edad todavía puede encontrar trabajo de modelo. Si necesitas que siga siendo tu mánager...

Ana negó con la cabeza.

–No, voy a dejar lo de modelo. Espero trabajar un tiempo con papá.

Los ojos de Lily se llenaron de lágrimas.

–Tu padre es el siguiente de mi lista.

Ana le tomó la mano y se la apretó.

–Estoy orgullosa de ti... madre.

Lily la abrazó con fuerza.

–Llámame cuando llegues adondequiera que vayas –pidió.

Cuando se marchó, Ana se sentó en el sofá con la vista fija en la distancia. Su madre, sin darse cuenta, había confirmado sus peores miedos... que estaba buscando amor donde no lo había. Bastien le había mostrado amabilidad y consideración. Le había hecho el amor como si fuera lo más precioso que había en su vida. Pero ella ya no podía seguir negando el miedo a que él no diera jamás el paso siguiente y la quisiera.

Sus ojos se llenaron de lágrimas. No supo cuánto tiempo permaneció en el sofá. Cuando se levantó, vació el contenido de su maleta sobre la cama y volvió a llenarla con ropa más sensata. Cuando pudiera pensar con claridad, encargaría que empaquetaran y guardaran el resto de sus cosas.

Se negó a pensar en que no volvería a ver a Bastien. El dolor de la separación llegaría más tarde... cuando estuviera a kilómetros de allí.

Había sufrido demasiado para conformarse con una vida sin amor. En los últimos días se habían contado muchas cosas. Si Bastien la quisiera, ya se lo habría dicho. Recordó su silencio cuando ella le había confesado su amor y reprimió un sollozo. Tomó el ordenador y el bolso en la sala de estar y comprobó que seguía llevando el pasaporte.

Echó un último vistazo al apartamento y se dirigió a la puerta.

A poca distancia de su casa había una agencia de viajes. Entró en el edificio y salió unos minutos después con un billete de avión en la mano.

Capítulo 14

BASTIEN apretó los dientes y luchó por conservar la calma, luchó contra el instinto primitivo de rugir de dolor que sentía siempre que pensaba en Ana.

Se sentía debilitado, como atacado por una enfermedad extraña. Era como si su corazón no supiera si latir deprisa o despacio, así que alternaba entre ambas cosas y lo privaba constantemente de aliento. Pensaba en lo que haría cuando la encontrara. Primero la besaría, y después le sacaría una respuesta como fuera. Luego volvería a besarla.

Cuando se acercaba a la caravana polvorienta situada en mitad de la selva en Colombia, oyó una risa de mujer. Una risa familiar. La había encontrado y no pudo evitar sonreír.

La había buscado durante tres largas semanas.

La voz masculina que se unió a la risa de ella hizo que Bastien se parara en seco. Había un hombre con Ana. Con su Ana.

Empujó la puerta, pero no se movió. La golpeó con el puño.

Las risas se detuvieron.

–Abre la puerta, Ana –ordenó Bastien.

Oyó pasos que se acercaban. Empujó la puerta antes de que el picaporte girara del todo.

Ella estaba vestida. Eso fue lo primero que comprobó al verla. Estaba vestida, aunque con un pantalón corto minúsculo y una camiseta de tirantes tan desgastada que casi se podía ver a través de ella.

–¡Bastien! ¿Qué haces aquí? –preguntó ella, atónita.

Él ignoró la pregunta. Miró al hombre que se levantó de la silla cerca de la ventana. Era un hombre alto y desgarbado, de pelo castaño largo y vestido como un hippy.

–¿Quién demonios eres tú? –preguntó.

El otro hombre lo miró sorprendido. Bastien casi no oyó el respingo horrorizado de Ana. Estaba ocupado pensando en el modo de partirle las piernas al hombre.

–Bastien, no tienes derecho a hablarle así a mi invitado.

Bastien tendió la mano.

–Bastien Heidecker. Disculpa mi grosería. ¿Y tú eres...?

–Adam es mi profesor –explicó Ana.

–¿Profesor? –Bastien vio los libros esparcidos por la mesa pequeña al lado de la ventana.

–Estábamos hablando de los Tudor y del gusto por los excesos de Enrique VIII –dijo ella.

Cualquier remordimiento que pudiera sentir Bastien por su grosería se evaporó cuando vio cómo la miraba Adam, la adoración que expresaban sus ojos.

Mostró los dientes.

–Si no me equivoco, Henry también era aficionado a cortar cabezas –dijo.

Siguió un silencio tenso. Adam carraspeó.

–Ah... os dejaré solos.

–¿Te acuestas con él? –preguntó Bastien en cuanto se cerró la puerta.

–¿Qué? ¿Hablas en serio?

Él la besó en la boca con fuerza, primero para hacerla callar, pero sobre todo porque su necesidad se había vuelto tan imperiosa que no podía pensar con claridad.

Ella le abrió la boca y él la abrazó para redescubrir con sus manos las curvas exquisitas con las que había soñado día y noche durante semanas interminables.

Ana lo apartó de un empujón.

–No me has contestado. ¿Qué haces aquí?

Él retrocedió y se pasó una mano por el pelo.

–¿Tú qué crees? Me dejaste sin una explicación. ¿Por qué lo hiciste? ¿Qué te hice?

Ana lo miró. Era alto y orgulloso e increíblemente atractivo. Semanas de noches inquietas con sueños tan vívidos que al despertar y afrontar la realidad no podía hacer otra cosa que echarse a llorar, no le habían hecho justicia. Era un hombre magnífico que jamás correspondería a su amor.

–Tú no hiciste nada –repuso–. Fui yo.

–Sea lo que sea, dímelo. Puedo soportarlo –dijo él.

Sabía que mentía. No podría soportar que ella lo rechazara.

Ella se lamió los labios.

–Lo que teníamos era estupendo, pero no era suficiente. Lo siento.

A Bastien se le nubló la vista y se agarró al respaldo de una silla.

–¿De qué estás hablando?

Ella trazó una raya con el dedo en la mesa.

–Quiero más.

–Yo te daré más. Solo dime cómo.

Ella lo miró unos segundos.

–Yo no puedo decirte cómo sentir. Si no lo sientes ya... estás mejor sin mí.

–No. Yo no soy nada sin ti. Lo que teníamos... Ana, era lo más cercano al Cielo que he conocido. No sé por qué te fuiste, pero una vez me dijiste que me amabas y espero que vuelvas a quererme como te quiero yo.

El corazón de Ana dio un vuelco y a continuación latió con un ritmo frenético.

–¿Tú me amas? –preguntó.

Bastien asintió.

–Sí. Haré lo que sea para que vuelvas a quererme.

–Nunca he dejado de hacerlo.

–Nunca has...

–No, y tú nunca me has dicho lo que sentías.

Él hizo una mueca.

–Sí te lo dije. Eres el amor de mi vida. Ana, *amour de mon coeur* –repitió las palabras que había dicho por primera vez tres semanas atrás.

Ella abrió mucho los ojos.

–Me sentía más seguro diciéndolo en francés porque era tonto y pensaba que así no lo arriesgaba todo –la estrechó más contra sí–. Pero pienso decírtelo en todos los idiomas que existen. Te amo, mi hermosa Ana.

La besó y ella no se resistió. Fue un beso hambriento, exigente, posesivo. Y a ella le encantó. Él la tumbó en la estrecha cama donde dormía y se colocó encima.

–¿Aquí?

–Ten compasión de un pobre hombre. Llevo tres largas semanas sin ti. No puedo esperar ni un momento más.

El suspiro de placer de ella fue toda la respuesta que necesitaba.

Más tarde, en el minúsculo cubículo de la ducha, le apartó el pelo y le lavó la espalda.

–Cásate conmigo –murmuró contra su hombro.

Ana se quedó inmóvil.

–No puedes casarte conmigo –dijo.

–Te amo. Quiero pasar el resto de mi vida contigo. El matrimonio es eso. Estaría orgulloso de tenerte a mi lado el resto de mi vida –un amago de dolor nubló sus ojos–. ¿Por qué me dejaste?

–Creía que no me amabas. Después del tiempo que habíamos pasado juntos, pensé que, si me quisieras, me lo habrías dicho. Como no lo hiciste...

Los ojos de él se suavizaron.

–Te diré todos los días cuánto te adoro. Y si eso no funciona, tengo algunos ases en la manga.

–¿De verdad? –ella sonrió.

–De verdad. He conocido a tu padre hace una hora. Me ha interrogado seriamente antes de decirme dónde estaba tu caravana. Creo que he pasado su examen de yerno potencial, pero si eso no funciona... ¿Recuerdas la habitación de la torre la noche que volví?

Ana asintió, intrigada.

–Uno de los técnicos había dejado una cámara encendida. Grabó nuestra conversación, pero lo más importante, te grabó a ti besándome como si me entregaras tu alma.

–¿Y tú recurrirías al chantaje? ¿En serio?

Bastien sonrió.

–Yo usaré toda la munición que haga falta para que no vuelva a dejarme –se puso serio–. Tú has creído en ti misma, has progresado a pesar de los contratiempos. Da también este paso, *mon amour*. Cásate conmigo.

–No puedo. Todavía no. He firmado con el programa de mi padre. Tengo que quedarme dos años en Colombia.

Él se encogió de hombros.

—Entonces me quedaré contigo. Yo puedo trabajar desde cualquier lugar del mundo.

—Pero...

—Cásate conmigo —repitió él—. Deja que me quede aquí contigo. Tú me enseñarás español y yo te enseñaré lo que quieras aprender. Por supuesto, eso significa que ahora las clases las daré yo. Adam se marcha.

Los ojos de ella se llenaron de lágrimas.

—Te amo. Claro que seré tu esposa.

Su beso fue largo y profundo. Cuando él alzó la cabeza, el sentimiento que expresaban sus ojos conmovió a Ana.

—No te merezco —dijo él.

—Pero me tienes de todos modos. Eres mío y yo soy tuya. Siempre.

—Para siempre.

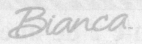

Playboy multimillonario provoca un incidente internacional con su manifiesto sobre las mujeres...

Jared Stone: visionario, rebelde, el chico de oro de la tecnología mundial... y también el hombre más odiado del planeta.

Bailey St. John: superviviente, poderosa ejecutiva, la única mujer que se negaba a inclinarse ante Jared Stone... y también la única mujer que podía salvarlo.

Cuando el manifiesto de Jared lo convirtió en el enemigo público número uno, la única salida fue ofrecerle a Bailey el puesto de directora de ventas, una oferta que no podía rechazar. Pero, con un gran contrato en juego y la tensión en aumento ¿cuánto aguantarían Bailey y Jared sin pasar de la oficina a la cama?

Pasión al desnudo

Jennifer Hayward

Acepte 2 de nuestras mejores novelas de amor GRATIS

¡Y reciba un regalo sorpresa!

Oferta especial de tiempo limitado

Rellene el cupón y envíelo a

Harlequin Reader Service®
3010 Walden Ave.
P.O. Box 1867
Buffalo, N.Y. 14240-1867

¡Sí! Por favor, envíenme 2 novelas de amor de Harlequin (1 Bianca® y 1 Deseo®) gratis, más el regalo sorpresa. Luego remítanme 4 novelas nuevas todos los meses, las cuales recibiré mucho antes de que aparezcan en librerías, y factúrenme al bajo precio de $3,24 cada una, más $0,25 por envío e impuesto de ventas, si corresponde*. Este es el precio total, y es un ahorro de casi el 20% sobre el precio de portada. !Una oferta excelente! Entiendo que el hecho de aceptar estos libros y el regalo no me obliga en forma alguna a la compra de libros adicionales. Y también que puedo devolver cualquier envío y cancelar en cualquier momento. Aún si decido no comprar ningún otro libro de Harlequin, los 2 libros gratis y el regalo sorpresa son míos para siempre.

416 LBN DU7N

Nombre y apellido	(Por favor, letra de molde)

Dirección	Apartamento No.

Ciudad	Estado	Zona postal

Esta oferta se limita a un pedido por hogar y no está disponible para los subscriptores actuales de Deseo® y Bianca®.
*Los términos y precios quedan sujetos a cambios sin aviso previo.
Impuestos de ventas aplican en N.Y.

SPN-03   ©2003 Harlequin Enterprises Limited

ONCE AÑOS DE ESPERA

ANDREA LAURENCE

Años atrás, Heath Langston se casó con Julianne Eden. Sus padres no habrían dado su aprobación, por lo que cuando el matrimonio quedó sin consumar, los dos siguieron caminos separados sin decirle a nadie lo que habían hecho.

Una desgracia familiar obligó a Heath y a Julianne a regresar a la ciudad en la que ambos nacieron, y a la misma casa. Heath estaba ya harto de vivir una mentira. Había llegado el momento de que Julianne le concediera el divorcio que ella llevaba tanto tiempo evitando... o de que cumpliera la promesa que se reflejaba en las ardientes miradas que le dedicaba.

¿Se convertiría por fin en su esposa?

¡YA EN TU PUNTO DE VENTA!

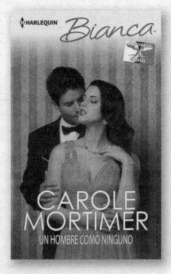

Bianca

Cuando los problemas vienen de dos en dos...

Tal vez Michael D'Angelo fuera la fuerza impulsora que había detrás de las exitosas galerías Archangel, pero eso no significaba que fuera perfecto... ¡había perdido su halo años atrás! Sin embargo, cuando una mujer atractiva apareció en París asegurando que él era el padre de unos gemelos, a Michael no le cupo la menor duda de que él no era responsable de aquel error.

La exaltada Eva Foster no se marcharía hasta que los gemelos que estaban a su cargo se reunieran con su padre. Pero resultó que la única persona que esperaba que pudiera ayudarla era la persona que se interponía en su camino.

Un hombre como ninguno

Carole Mortimer

[5]